歷史故事篇 ①

萌漫大話成語王

Graphic Times

| 作　　者 | 繪時光 |

野人文化股份有限公司
社　　長	張瑩瑩
總 編 輯	蔡麗真
責任編輯	徐子涵
校　　對	魏秋綢
行銷經理	林麗紅
行銷企畫	李映柔
封面設計	彭子馨
美術設計	洪素貞

出　　版	野人文化股份有限公司
發　　行	遠足文化事業股份有限公司(讀書共和國出版集團) 地址：231 新北市新店區民權路 108-2 號 9 樓 電話：(02) 2218-1417　傳真：(02) 8667-1065 電子信箱：service@bookrep.com.tw 網址：www.bookrep.com.tw 郵撥帳號：19504465 遠足文化事業股份有限公司 客服專線：0800-221-029
法律顧問	華洋法律事務所　蘇文生律師
印　　製	凱林彩印股份有限公司
初版首刷	2025 年 8 月

978-626-7716-67-0 (平裝)
978-626-7716-65-6 (EPUB)
978-626-7716-66-3 (PDF)

有著作權　侵害必究
特別聲明：有關本書中的言論內容，不代表本公司 / 出版集團之立場與意見，文責由作者自行承擔
歡迎團體訂購，另有優惠，請洽業務部 (02) 22181417 分機 1124

中文繁體版通過成都天鳶文化傳播有限公司代理，經瀋陽繪時光文化傳媒有限公司授予野人文化股份有限公司獨家發行，非經書面同意，不得以任何形式，任意重制轉載。

國家圖書館出版品預行編目（CIP）資料

萌漫大話成語王 . 1, 歷史故事篇 / 繪時光著 .
-- 初版 . -- 新北市：野人文化股份有限公司出版：遠足文化事業股份有限公司發行，2025.07
　面；　公分 . -- (Graphic times)
ISBN 978-626-7716-67-0(平裝)

1.CST: 漢語 2.CST: 成語 3.CST: 通俗作品

802.1839　　　　　　　　　114008082

萌漫大話成語王 (1)

野人文化
官方網頁

野人文化
讀者回函

線上讀者回函專用
QR CODE，你的寶
貴意見，將是我們
進步的最大動力。

人物介紹

古小趣
機靈鬼,熱心腸,說古事,有趣又可靠!興趣是表演和湊熱鬧。

小百科
課內課外知識都豐富,常愛總結發言。

小迷糊
迷迷糊糊,愛吃愛睡,活潑好動,經常鬧笑話。

大壯
體育健將,直來直往,喜歡和小迷糊鬥嘴。

翹翹
學習小老師,可愛,善良,有點嬌氣,討人喜歡。

班導

國文老師

美術老師

舞蹈老師

數學老師

歷史老師

迷糊爸爸

迷糊媽媽

目錄

五千年文明奠基,三皇五帝功不可沒

三皇五帝 14

夏商周王朝更迭,得民心者得天下

順天應人 18

失民心者失天下——西周的衰落

防民之口,甚於防川 22

遠古夏商周篇

以退為進,晉文、齊桓並稱,自有過人之處

退避三舍 28

楚國成為中原霸主

問鼎之心 32

三家分晉,從春秋到戰國

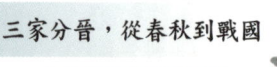

36 前事不忘,後事之師

春秋戰國篇

圍魏救趙 40　齊、魏、趙大亂鬥，「兵者，詭道也」

胡服騎射 44　一場改革，讓趙國「逆襲」成為強國

遠交近攻 48　秦國瓦解六國、統一天下的制勝法寶

紙上談兵 52　長平之戰後，六國對秦國再無還手之力

強秦盛漢篇

指鹿為馬 58　強秦弱主，被宦官玩弄於股掌之間

揭竿而起 62　秦朝的滅亡始於一場大雨引發的遲到

一場鴻門宴，預示了楚漢之爭的結局

項莊舞劍，意在沛公 66

漢之所以得天下者，大抵皆信之功也

70 背水一戰

順其自然

西漢初年的國策，王朝崛起的秘訣

74 無為而治

儒家思想何以成為正統思想

罷黜百家，獨尊儒術 78

你是否會想起那隻坐井觀天的青蛙

夜郎自大 82

負面形象的王莽，也有明智之舉

86 無可厚非

綠林好漢

一場轟轟烈烈的農民起義，吹響了新朝滅亡的號角

90 綠林好漢

東漢初年的強大，可見一斑

不入虎穴，焉得虎子 94

兩次黨錮之禍，埋下了東漢衰亡的禍根

望門投止 98

亂世之中，出了一位奸雄

挾天子以令諸侯 102

一陣風、一把火，燒出了三國

108 **萬事俱備，只欠東風**

三國鼎立篇

兩篇《出師表》，半部三國史

鞠躬盡瘁 112

三國歸晉，從一場政變開始

116 **司馬昭之心，路人皆知**

魏晉南北朝

十六年的八王之亂，二百多年的南北分裂

亂七八糟 122

收復中原，東晉軍民的心結

中流擊楫 126

「淝水之戰」前的一個小插曲

投鞭斷流 130

「十六國」裡也有厲害角色

鹿死誰手 134

從「元嘉之治」到「元嘉草草」 自毀長城 138

北朝政權更迭的縮影

寧為玉碎，不為瓦全 142

隋唐五代篇

長江也救不了腐朽的南陳

一衣帶水 148

短暫的隋朝

冰消瓦解 152

兄弟同心 其利斷金

君臣齊心，開創貞觀之治

房謀杜斷 156

今天天氣好晴朗 處處好風光 — 好風光

奸臣當道，危機四伏

口蜜腹劍 160

權勢

「遂令天下父母心，不重生男重生女」

炙手可熱 164

「安史之亂」，盛唐轉衰

左右開弓 168

五十四年亂世中的一大「奇景」

兒皇帝 172

兩宋篇

中國歷史上少有的不流血政變

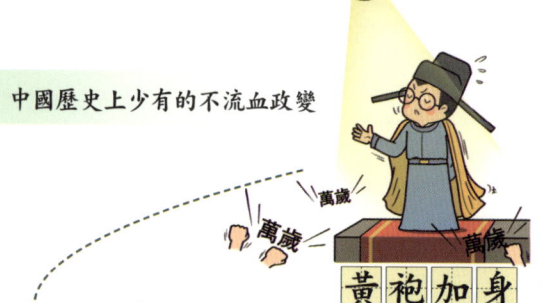

黃袍加身 178

王安石變法，成效和弊端都很突出

182 青黃不接

被寫入「四大名著」的農民起義

逼上梁山 186

偏安一隅 190

苟且偷生的南宋

岳飛被害，千古奇冤

莫須有 194

元明清篇

強大而又短暫的元朝

囹上虐下 200

大明王朝的崛起

八面威風 204

封建王朝走向沒落

閉關自守 208

落後就要挨打

喪權辱國 212

黎明前的黑暗

萬馬齊暗 216

約西元前3000年～西元前771年

遠古夏商周篇

　　「自從盤古開天地，三皇五帝到如今」。任何一個國家的歷史，幾乎都是從遠古時代的神話故事和歷史傳說開始的，中國也不例外。從遠古時期的「三皇五帝」，到夏、商、周等王朝，很多真實的歷史都被濃縮、演繹成了一個個成語故事。通過這些故事，我們可以大致了解祖先是如何在茹毛飲血的原始社會逐漸學會各種技能、創造各種文明；又是如何從「堯舜禪讓」的部落聯盟制度逐漸發展成「禹傳子、家天下」的奴隸制王朝世襲制度。

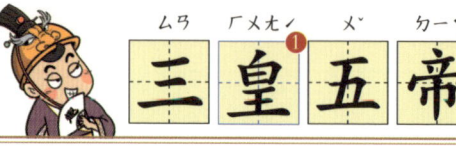

三皇[1]五帝[2]
（ㄙㄢ ㄏㄨㄤˊ ㄨˇ ㄉㄧˋ）

① 三皇：有不同說法。（漢）應劭（ㄕㄠˋ）《風俗通義‧皇霸》指伏羲（ㄒㄧ）、祝融、神農。通常的說法有：（一）天皇、地皇、人皇；（二）伏羲、燧（ㄙㄨㄟˋ）人、神農。

② 五帝：中國古代傳說中的五個皇帝，說法不一，一般以黃帝、顓（ㄓㄨㄢ）頊（ㄒㄩˋ）、帝嚳（ㄎㄨˋ）、唐堯、虞舜為五帝。

🏵 **釋義**　泛指遠古時代的帝王。

🏵 **典出&語見**　《周禮‧春官‧外史》：「掌三皇五帝之書。」

| 「近義」 | 不祧（ㄊㄧㄠ）之祖 | 「接龍」 | 帝王將相　相貌堂堂　堂堂正正　正襟危坐　坐立不安　安之若素　素昧平生　生龍活虎 |

🏵 **例句詳解**

大壯飾原始人丁
小百科飾原始人丙
翹翹飾原始人乙
小迷糊飾原始人甲

自從盤古開天地，**三皇五帝**到如今。

「三皇五帝」的傳說，其實是原始社會的先民們與自然做鬥爭，不斷提高生產力、推動文明向前發展的一個縮影。「三皇」時期，人們逐漸了解天地自然，學會如何用火，學會種植莊稼；而到了「五帝」時期，文明的發展程度更高，據說衣冠、車船、音樂、宮殿、文字以及很多工具、武器都是由黃帝和他的大臣們發明的。

萌漫大話成語王 1

三皇五帝

中國是世界四大文明古國之一，人們常說中國有5,000年的文明史。可是，仔細計算一下，就能發現：西元前21世紀夏朝建立，到現在西元21世紀，一共也就4,000年左右。那麼，在夏朝以前的1,000多年甚至更久遠的時代，中國又是怎樣的呢？

那是屬於華夏先祖「三皇五帝」的時代，人們又將其稱為「上古時代」「遠古時代」或「神話時代」。由於當時文字還沒有被發明，所以很多歷史人物和事件都是以口頭傳說的形式流傳下來的，「三皇五帝」就是對這段歷史最好的概括。那麼，「三皇五帝」到底都是誰呢？這個問題自從提出來的那一天開始，就始終沒有統一的答案。不過流傳最廣、也是被大多數人所接受的，當數《尚書大傳》中所記載的「三皇」——伏羲氏、燧人氏、神農氏，以及司馬遷《史記・五帝本紀》中所記載的「五帝」——黃帝、顓頊、帝嚳、堯、舜。

在上古時代，以「三皇五帝」為代表的很多偉大人物，為中華文明的發展做出了巨大的貢獻，而且留下了很多膾炙人口的故事傳說。如：伏羲氏推演八卦，使人了解自然；燧人氏鑽木取火，解決了烹飪、取暖問題；神農氏教人稼穡（ㄙㄜˋ），解決了溫飽問題；而黃帝則以統一華夏部落的偉績載入史冊；堯因禪位於舜而被譽為「聖王」等等。

後來，秦始皇建立中國歷史上第一個封建王朝——秦朝，他認為自己「德兼三皇，功高五帝」，於是便將「皇帝」二字連起來作為自己的稱號，並被後世封建統治者沿用。

邏輯 記憶

下面這些成語中的「三」和「五」代表什麼,你知道嗎?

對華夏大地各大名山的泛稱。

「三山」是哪三座山呢?有兩種不同的說法:

(1) 傳說中東海上的三座仙山:蓬萊、方丈、瀛洲。

(2) 中國東南方的三座名山:黃山、廬山、雁蕩山。

「五岳」指的則是五座名山:東岳泰山、西岳華山、南岳衡山、北岳恒山和中岳嵩山。

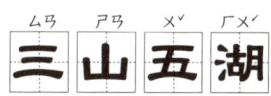

原先是指中國東南方的三條江和太湖流域一帶的湖泊,後來泛指江河湖泊。「三江」:大禹治水,有了「三江既入,震澤底定」的局面。震澤,是太湖的古名;而「三江」是指古太湖的三條洩洪水道。「五湖」:在古代說法不同,《史記》中將太湖,或太湖及其附近的湖泊稱為「五湖」。

五大三粗

五大三粗,是形容一個人高大粗壯,身材魁梧。「五大」就是手大、腳大、耳大、肩寬、臀肥。「三粗」,則是指腰粗、腿粗、脖子粗。

還有許多成語中帶有「三」和「五」:

隔三差五　三年五載　三番五次
三五成群　三令五申　三墳五典

遠古夏商周篇　17

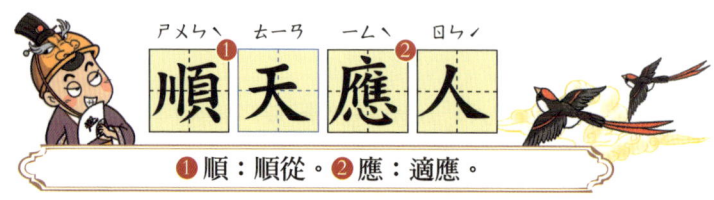

ㄕㄨㄣˋ ㄊㄧㄢ ㄧㄥˋ ㄖㄣˊ
順天應人

❶ 順：順從。 ❷ 應：適應。

🪭 **釋義**　順應天意，合乎民心。

🪭 **典出&語見**　《周易·革》：「湯武革命，順乎天而應乎人。」

| 「近義」 | 「順天從人」 | 「反義」 | 「逆天行事」 | 「接龍」 | 人離鄉賤
賤斂貴出
出世離群
群空冀北
北門鎖鑰 |

🪭 **例句詳解**

小百科飾孟子
小迷糊飾齊宣王

湯滅夏、武王伐紂，此皆以下犯上的「弒君」行為！

桀、紂的行為並不符合「仁義之道」，所以殺死他們實屬順天應人。

　　孟子贊成湯武革命，並認為只有**順天應人**者才能得天下。

　　孟子曾與齊宣王討論「湯武革命」，齊宣王認為湯滅夏、武王伐紂屬於以下犯上的「弒君」行為。但孟子則認為桀、紂的行為並不符合「仁義之道」，所以殺死他們屬於順天應人。孟子還提出了「得民心者得天下」的觀點，對後世產生了很大影響。

萌漫大話成語王 1

歷史典故

在中國古代，一個王朝的建立，被認為是「天命所歸」；當王朝覆滅的時候，則被認為是「天命改變」。所以，中國歷史上每一次改朝換代，都被認為是「順天應人」的「革命」。

史書記載，夏朝的最後一位君主桀殘暴不仁，他得意揚揚地將自己比作天上的太陽，認為自己的統治就像太陽一樣永遠不會滅亡。老百姓都痛恨地說：「太陽什麼時候滅亡啊，我們願意和它同歸於盡！」看到夏桀失去了民心，商部落在首領湯的領導下，聯合其他諸侯一起在鳴條打敗了夏桀，夏朝滅亡，湯成為商朝的開國之君。

到商朝的最後一任君主紂在位時，類似的劇情重演，商紂王比夏桀更加荒淫殘暴。傳說他整日與寵妃妲己飲酒作樂，根本不理朝政。為了享樂，他命人修建了一座方圓三里，高達千尺的宮殿──鹿台。因此家破人亡的百姓不計其數。至今，在河南省鶴壁市還殘留著鹿台的遺址。

此外，紂王還命人開挖了一個大池子，裡面裝滿美酒；又把做好的肉割成一塊一塊的，懸掛起來，密密匝匝像樹林一樣，這樣他就可以一邊遊玩，一邊隨意吃喝，成語「酒池肉林」就是由此而來。

紂王還發明了很多殘酷的刑罰，害死了很多正直忠良的大臣，最終失去民心。

順應「天意」取代商朝的是周武王，他率領周部落和其他諸侯在牧野打敗了商朝的軍隊，紂王在鹿台自焚，周武王建立了西周王朝。

遠古夏商周篇

邏輯 記憶

紂王因統治殘暴被推翻，所以跟他有關的成語大多都是貶義詞。

是，紂王！

把那個棒棒糖給寡人搶過來！

助紂為虐

ㄓㄨˋ ㄓㄡˋ ㄨㄟˊ ㄋㄩㄝˋ

原意是幫助紂王幹壞事，後來成為幫助壞人幹壞事的泛稱。

這個不好吃，這個也不好吃，都扔掉！

暴殄天物

ㄅㄠˋ ㄊㄧㄢˇ ㄊㄧㄢ ㄨˋ

指紂王殘害、滅絕自然界的生物，後用來比喻隨意糟蹋物品，不知珍惜。

不聽不聽，聽了就要亡國了！

靡靡之音

ㄇㄧˇ ㄇㄧˇ ㄓ ㄧㄣ

商紂王荒淫無道，天天笙歌曼舞，聽說師延彈得一手好琴，就把他抓來為自己演奏，威脅他如果演奏得不好，就把他殺了。師延迫於無奈，創作了一種讓人聽了就陶醉其中的樂曲。沒多久武王伐紂，紂王自焚，商朝滅亡。後來人們便把那些消磨人意志的歌曲稱為靡靡之音。

遠古夏商周篇 21

防民之口，甚於防川

❶ 防：防衛、阻止。　❷ 甚：超過。

釋義　指堵住百姓的嘴，不讓他們說話而造成的危害，比堵塞河流而造成的水災還要嚴重。

典出＆語見　《國語・周語上》：「防民之口，甚於防川。川壅而潰，傷人必多，民亦如之。」

| 「反義」 | 廣開言路 | 「接龍」 | 川流不息 息事寧人 人去樓空 空前絕後 後來居上 上善若水 水落石出 出口成章 |

例句詳解

小百科飾周舍
大壯飾趙簡子

不好意思呀，下次不會再犯了！

某年某月某日，趙公於園內丟棄骨頭一枚，特此記錄。

周厲王防民之口，趙簡子聞過則喜。

春秋時期，晉國大夫趙簡子有個家臣名叫周舍。周舍每天的工作就是拿著筆和竹簡，專門記錄趙簡子的過失。趙簡子不僅不生氣，反而非常高興。周舍死去三年之後，趙簡子仍然思念他，並說：「我已經三年沒有聽到有人當面指出我的過錯了。君主如果不能及時了解自己的過失，他的國家就會滅亡。看來我的國家也快要滅亡了呀！」

歷史 典故

西周經歷了200多年的盛世，到周厲王在位時，他不僅寵信奸臣，而且頒佈了很多苛刻的政令。他霸佔了國內所有的山林河湖，老百姓要想進山砍柴、狩獵，或是到河湖裡面捕捉魚蝦，都必須交稅，甚至喝水、走路也要向官府交錢。

對此，不僅老百姓感到不滿，就連朝廷裡一些正直、忠誠的大臣也看不下去了，他們勸說周厲王不要與民爭利，否則必然會招來天下人的反對。沒想到周厲王不但不肯接受勸告，反而變本加厲，派人到全國各地去探查，只要發現有人議論自己，就馬上抓起來。人們都嚇得不敢在外面說話，即便是熟人在路上相遇，也只能用眼神交流。

周厲王非常得意，對大臣召公說：「你看我多厲害，老百姓再也不說我的壞話了！」召公說：「不讓老百姓說話，就像用圍堵的方法來治理洪水一樣。一旦洪水決堤，就會造成巨大的危害。聖明的君主應該多多聽取意見，如果一味堵住老百姓的嘴，其危害恐怕比洪水決堤更加可怕！」

但是，對於召公的提醒，周厲王卻不以為然，繼續施行他的暴政。老百姓忍無可忍，聚集在一起發動了暴動，想要殺死周厲王，周厲王聞風而逃，這件事在歷史上被稱為「國人暴動」。

周厲王死後，召公和周定公擁立周厲王的兒子姬靜做了國君，西周的統治暫時穩定下來。等到周幽王繼位，由於他寵愛妃子褒姒（ㄙˋ），為了博她一笑甚至不惜「烽火戲諸侯」。幾年後，西北的少數民族犬戎攻打西周，殺死了周幽王，西周就此滅亡了。

遠古夏商周篇 23

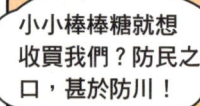

邏輯 記憶

「防民之口，甚於防川」這個典故中說：「周厲王派人到各地探查，導致人們都不敢說話，只能用眼神交流。」

這個場景如果用一個成語來形容，就是——

道路以目（ㄉㄠˋ ㄌㄨˋ ㄧˇ ㄇㄨˋ）

我看看誰敢說話？

在西周，和周厲王一樣不勤政為民的昏君，還有周幽王，在他身上發生了著名的「烽火戲諸侯」的故事，由此產生了一個成語——

千金一笑（ㄑㄧㄢ ㄐㄧㄣ ㄧˇ ㄒㄧㄠˋ）

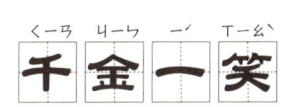

　　周幽王最喜愛的女子褒姒，長得很美，卻不愛笑。於是周幽王說，誰能讓褒姒笑，就可以得到千兩金子（周朝時的金子其實是銅）。
　　後來大臣虢（ㄍㄨㄛˊ）石父出了個主意，周幽王照辦，他下令點燃烽火台上的烽火。各諸侯王都帶領人馬匆匆趕來營救，結果發現並沒有敵人。褒姒看到後，果然笑了。周幽王很高興，賞給了虢石父千兩金子。

遠古夏商周篇 25

西元前770～西元前221年

春秋戰國篇

　　西周滅亡之後，東周建立，但由於周王室日漸衰微，中國陷入了長達500多年的分裂，並以「三家分晉」為節點，分成春秋和戰國兩個時期。這段時間的歷史，被《左傳》、《國語》、《戰國策》和《史記》分別記載，我們今天耳熟能詳的成語很多都出自這些史書。而在每一個成語背後，都隱藏著發人深思的故事。這些故事不僅是歷史，更是寶貴的精神財富，它們就像一面鏡子，將成敗得失、經驗教訓留存其中，供後人觀瞻。

退避三舍

ㄊㄨㄟˋ ㄅㄧˋ ㄙㄢ ㄕㄜˋ

❶ 退：退卻。 ❷ 避：回避。 ❸ 舍：古代行軍三十里為一舍。

釋義 原指與敵方作戰時軍隊後撤一定的距離。後比喻對人讓步，避免衝突。

典出&語見 《左傳・僖公二十三年》：「晉楚治兵，遇於中原，其辟君三舍。」

「通同字接龍」	思如湧泉 暮想朝思 途遙日暮 末路窮途 捨本逐末
「寸步不讓」	
「反義」	
委曲求全	
「近義」	

例句詳解

魯陽公揮戈狂呼，太陽退避三舍。

傳說春秋時期，楚國的魯陽公率領大軍與敵國交戰，眼看就要取得勝利，此時紅日西墜，天色逐漸變暗。魯陽公激動地揮動長戈，對著太陽大聲狂呼，太陽隨之倒退回去，光明重現，楚軍因此大獲全勝。

歷史 典故

春秋時期，晉國發生了一場內亂：當時晉獻公在位，寵妃驪（ㄌㄧˊ）姬害死了太子申生，迫使申生的兩個兄弟重（ㄔㄨㄥˊ）耳和夷吾逃到了國外。晉獻公去世後，驪姬所生的兒子奚齊就順理成章地繼承了國君之位，但那些原本擁戴太子申生的大臣趁機作亂，殺死了奚齊和驪姬，並打算擁立重耳回國繼位。重耳考慮到國內局勢不穩，謝絕了邀請，於是夷吾回國繼位，史稱晉惠公。

晉惠公害怕重耳會威脅到自己的統治，就派人追殺重耳，自此之後，重耳開始了長達十九年的流亡生活。流亡期間，他先後到過衛國、齊國、曹國、宋國、鄭國、楚國、秦國等多個國家。在楚國時，楚成王熱情款待重耳，在一次酒宴上，楚成王向重耳提出一個問題：「我認為您謙虛有禮，雄才大略，倘若您能夠返回晉國繼位，將怎樣報答我呢？」重耳略微沉思後，說道：「美人奴僕、奇珍異寶，大王應有盡有，晉國沒有能拿得出手的禮物獻給您！」楚成王說：「即便如此，總應該有所報答吧？」重耳回答：「倘若真有回國為君的機會，一旦晉楚兩國兵戎相見，我會命令晉軍退避三舍！」楚成王聽後非常滿意。

後來，重耳果真在秦國的幫助下回到晉國奪取了國君之位。再後來晉、楚兩國為了稱霸中原，在城濮進行了一場大戰。戰鬥開始之前，晉文公履行承諾，通知楚國主帥，自己會命晉軍後退九十里。楚軍主將聽到這個消息，認為晉軍膽怯，結果輕敵冒進，反而中了晉軍的誘敵深入之計，最終楚軍戰敗，晉國取勝，此戰也奠定了晉國稱霸的基礎。

邏輯 記憶

你還知道哪些與晉國相關的成語？

ㄔㄨㄣˊ ㄨㄤˊ ㄔˇ ㄏㄢˊ
唇 亡 齒 寒

嘴唇沒有了，牙齒就會覺得寒冷。用來比喻雙方休戚相關，榮辱與共。

晉獻公想滅掉虢國，可晉國和虢國隔著一個虞國。於是晉國派使臣給虞國送禮，希望從虞國借道。虞公一見晉國送的禮物，心花怒放。大臣宮之奇勸阻道：「晉國使者辭謙禮重，一定是想對我國不利。虞虢唇齒之鄰，結盟才有了現在的安寧。如果虢國亡了，我國也危險了！」

虞公不聽，答應了晉國借道的請求。這年冬天，晉國滅掉了虢國。晉軍回國的路上，趁虞國不備，突然發動了進攻，虞國最終滅亡。

這段歷史還產生了另一個成語：假途滅虢，指以向對方借路的名義而消滅對方。

ㄐㄧㄝˊ ㄗㄜˊ ㄦˊ ㄩˊ
竭 澤 而 漁

抽乾池水，捉盡池魚。比喻目光短淺，只顧眼前利益，不作長遠打算。

晉文公率軍在城濮與楚國對峙，他問狐偃（ㄧㄢˇ）怎樣才能戰勝強大的楚軍，狐偃想出了一個欺騙的辦法。他又問雍季，雍季說用欺騙的辦法就是把池水抽乾捉魚，到第二年就沒魚捉了，打仗還是要靠實力。結果，晉文公用狐偃的計策打敗了楚軍，但在論功行賞時雍季卻在狐偃之上。晉文公說：「我們怎麼能認為一時之利要比百年大計重要呢？」

春秋戰國篇 31

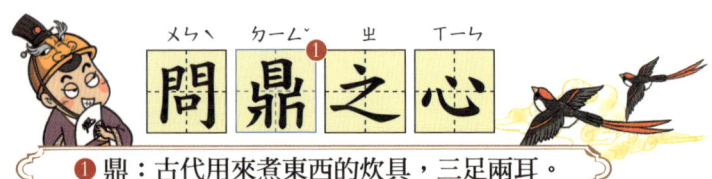

問鼎之心

① 鼎：古代用來煮東西的炊具，三足兩耳。

🦇 **釋義** 比喻有奪取政權的野心。

🦇 **典出＆語見** 《晉書・王敦傳》：「手控強兵，群從貴顯，威權莫貳，遂欲專制朝廷，有問鼎之心。」

| 「近義」 | 問鼎輕重 | 「接龍」 | 心高氣傲　傲然屹立　立竿見影　影隻形單　單刀直入　入不敷出　出神入化　化險為夷 |

🦇 **例句詳解**

你休要打那頂皇冠的主意！

嚇死寶寶了！

小百科飾謝安
小迷糊飾桓溫

東晉桓溫有意問鼎稱帝，卻因謝安阻止而未能成功。

東晉權臣桓溫出身名門，小時候就被認為將來會是和三國時篡奪曹魏政權的司馬懿、司馬昭父子一樣的人物。桓溫長大後果然<u>野心勃勃</u>，甚至說出「大丈夫若不能<u>流芳百世</u>，就乾脆<u>遺臭萬年</u>」這樣的話。他曾經三次北伐，均<u>無功而返</u>，但朝廷大權始終掌握在他的手裡，因此他產生了篡權稱帝的想法，但在名臣謝安的阻止下，桓溫至死未能如願。

萌漫大話成語王 1

歷史 典故

上古時期，**大禹治水**有功，舜帝將王位禪讓給了他。四方諸侯朝見大禹時，向他獻上了珍貴的金屬──銅。大禹根據自己在治水過程中對山川地理的考察，將天下劃分成了九州，並將這些銅鑄成了九座鼎，分別在每只鼎的鼎身刻上一州的山川地形。這可能是我國有文字記載的最古老的地圖。從此之後，九鼎就成為天下權力的象徵。夏、商、周三朝均將九鼎視為國寶。

到了春秋時期，南方的楚國經過幾百年**篳（ㄅㄧˋ）路藍縷**的艱難發展，開始逐漸崛起，楚成王在位時，楚國已成為當時的幾個強國之一。楚莊王繼位之後，在「邲（ㄅㄧˋ）之戰」中徹底擊敗了晉國，為楚國稱霸奠定了基礎。

西元前606年，楚莊王以「勤王」的名義率軍北上，來到了東周的國都洛邑，駐紮在南郊。周定王派大夫王孫滿前去勞軍。莊王見到王孫滿，就向他詢問九鼎的輕重和大小，表露出了自己覬覦（ㄐㄧˋ ㄩˊ）天下的野心。但王孫滿卻**不卑不亢**地回答道：「能否取得天下，在於德而不在於鼎。當年大禹有恩德於四方，所以天下擁戴，九州紛紛上貢銅材，九鼎才得以鑄就。後來夏桀無道，商朝得到了九鼎；商紂昏虐，九鼎又歸於周。如果天子為明君，鼎再小也有萬鈞之重；如果天子失德，鼎再大也能隨便移動。周朝的國運還在，所以鼎的輕重是不能問的！」

不過，實力強大的楚國也因此讓中原地區的大國忌憚三分，而那些小諸侯國則紛紛投靠楚國，楚莊王也因此成為「春秋五霸」之一，而「問鼎中原」的故事也就此流傳。

春秋戰國篇 33

奇妙劇場

邏輯 記憶

> 與楚國相關的成語故事多得很！

朝秦暮楚

荊紫關在秦國與楚國交界的地方，一部分屬於秦國，一部分屬於楚國。秦國和楚國爆發「丹陽之戰」，秦國擊敗楚國，荊紫關全部歸入秦國版圖。之後，兩國重新修好，秦國又把此地割給了楚國，所以就有了「朝秦暮楚」這個成語，後用來比喻人<u>反覆無常</u>。

上下其手

> 「上下其手」用來表示枉法作弊，顛倒是非。

楚國出兵鄭國，鄭國戰敗，鄭國的皇頡（ㄐㄧㄝˊ）被楚將穿封戌（ㄒㄩ）俘虜（ㄌㄨˇ）。

楚王弟公子圍，想冒認俘虜皇頡的功勞，結果兩人就爭執起來，兩人請伯州犁做公證人，判定這是誰的功勞。

伯州犁命人把皇頡帶來，向他說明原委，然後把手抬得很高，<u>畢恭畢敬</u>地指著公子圍說：「這位是公子圍，是我國國君最寵愛的弟弟！」接著，又把手壓得很低，指著穿封戌說：「這個人叫穿封戌，是我國方城外的一名小縣尹。你看，這二位中的哪一位生擒了你？」

皇頡明白了伯州犁的意圖，於是指認說是公子圍俘獲了自己。不久，公子圍得到了加封，伯州犁也得到了提拔，穿封戌卻被貶了官，皇頡也被放回了鄭國。

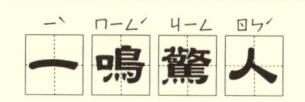

一鳴驚人

楚莊王繼位以後沉湎酒色，三年過去了，都沒有管過朝政。楚國大夫伍舉觀見楚莊王，說楚國出了一隻奇怪的鳥，這隻鳥三年了，既不飛也不鳴。楚莊王知道伍舉的意思，於是說：「此鳥不飛則已，<u>一飛沖天</u>；不鳴則已，一鳴驚人！」不久，楚莊王展露心志，逐漸鏟滅權臣，問鼎中原，使楚國在春秋稱霸一時。

春秋戰國篇

前事不忘，後事之師[1]

> [1] 師：榜樣，借鑑。

釋義　記住以往的經驗教訓，可以為以後行事提供參考。

典出＆語見　《戰國策・趙策一》：「前事之不忘，後事之師。」

《後漢書・張衡傳》：「故恭儉畏忌，必蒙祉祚(ㄓˇㄗㄨㄛˋ)，奢淫諂(ㄔㄢˇ)慢，鮮不夷戮(ㄌㄨˋ)，前事不忘，後事之師也。」

「接龍」師出有名　名正言順　順手牽羊　羊腸小徑　徑道聽塗說

「反義」重蹈覆轍

「近義」前車之鑑

例句詳解

> 地掃得好的太監才是好太監，你可不要學前朝哦！
>
> 謝皇上讚賞，奴才不敢！
>
> 小迷糊飾太監　大壯飾皇帝

前事不忘，後事之師。清朝吸取這方面的教訓，嚴禁宦官干政，所以沒出現宦官專權的情況。

中國歷史上有三個朝代宦官專權最為嚴重——東漢、唐朝、明朝，尤其是唐朝，宦官甚至可以廢立皇帝，明朝時也出現了宦官劉瑾、魏忠賢把持朝政的現象。所以清朝建立之後，制定了非常嚴格的制度，禁止宦官參與朝政，只讓他們做本職工作，所以整個清朝都沒有出現宦官專權的情況。

歷史典故

晉文公繼位之後，建立了中、上、下三軍，每軍分設一將、一佐，他們被稱為六卿。

晉出公十七年，六卿彼此衝突不斷，趙氏聯合智氏、韓氏、魏氏滅掉了范氏和中行氏，並瓜分了他們的土地，而智氏成了實力最強大的卿大夫。後來，智伯瑤打著恢復晉國國君權威的旗號，逼迫韓康子、趙襄子、魏桓子每家拿出方圓百里的土地和一萬戶人口獻給國君。趙襄子不同意，智氏就聯合韓、魏兩家攻打趙氏，戰爭持續了兩年多，智、韓、魏始終不能取勝。

這時，趙襄子手下有個名叫張孟談的人，趁夜來到韓、魏兩家的軍營，說服韓康子、魏桓子與趙襄子聯手共同對付智氏。西元前453年，身為卿大夫的趙襄子、魏桓子、韓康子消滅了智伯瑤，並瓜分了智氏的土地。

趙襄子想重賞張孟談，張孟談沒有接受，他說：「正因為我有很大的功勞，所以我的名聲有可能會超過您，歷史上從來沒有君臣之間權勢相同還能和平共存的情況，前事不忘，後事之師，為了您趙氏的繁榮，為了我張孟談後世的平安，請您讓我離開吧！」

自此，晉國大權完全被韓、趙、魏三家掌握，中國歷史進入了「戰國時代」。西元前403年，周威烈王冊封韓、趙、魏三家為諸侯，它們與齊、楚、秦、燕並稱為「戰國七雄」。西元前376年，魏武侯、韓哀侯、趙敬侯徹底瓜分了晉國，晉國滅亡。這段歷史後來被司馬光記載到了《資治通鑑》之中，被稱為「三家分晉」。

春秋戰國篇

這道題我上次做錯了，這次重考，終於對了！
我也有一道題是之前錯過的，這回做對啦！
小百科考100分，你跟著湊什麼熱鬧？
怎樣，我就不能熱愛學習嗎？
大壯你考得怎麼樣？
我？嘿嘿，就是那個成語說的，前事是後事的老師！
前事不忘，後事之師！
正是正是！我痛下決心，把上回的考卷掛在床頭激勵我自己。
那太好了，這次肯定考得很棒！考卷給我看看，多少分？
哈哈，看來試卷掛得不夠高哇！
嗚，不然我哭一會兒吧！
上次錯的，這次我又都錯了！
大壯，你來！
哈哈哈——
來了！「師」啊，我知道您不會忘了我！

邏輯 記憶

春秋後期，晉國的國政被六個勢力最大的大臣把持，他們之間打來打去，弱小的被強大的吞併，最後只剩下趙、魏、韓三家，分別建立了趙國、魏國、韓國，這就是有名的「三家分晉」。

嘿嘿——

看起來真好吃！

哈哈，以後晉國就是我們的了！

含有「晉」字的成語你還知道哪些呢？

楚材晉用

楚國的人才為晉國所用。比喻本地的人才外流到別的地方工作。

秦晉之好

春秋時期，秦晉兩國幾代國君都是互相通婚，後來用這個詞泛指兩家聯姻。

朝梁暮晉

比喻人反覆無常，沒有節操。

加官晉爵

古時指官職和爵位都得到了提升。現在指升官。

春秋戰國篇

圍魏救趙

ㄨㄟˊ ㄨㄟˋ ㄐㄧㄡˋ ㄓㄠˋ

①② 魏、趙：都是戰國時期的諸侯國。

釋義 指襲擊敵人後方，迫使進攻之敵撤回的戰術。

典出＆語見 《史記・孫子吳起列傳》載：西元前353年，魏國圍攻趙國都城邯鄲，趙國向齊國求救。孫臏採用圍攻魏國都城大梁來解救趙國的策略。結果，魏軍不得不撤離邯鄲，回救本國，趙國因而解圍。

「同音接龍」
風和日麗
空穴來風
海闊天空
人山人海
目中無人
道路以目
安貧樂道
長治久安
語重心長
牙牙學語
虎口拔牙
照貓畫虎

例句詳解

將士們且隨我殺入長安，擊殺曹賊，為父報仇！

完了完了，家被偷了，快回防長安！

小百科飾孫權
大壯飾曹操
小迷糊飾馬超

孔明玩得好一手 **圍魏救趙** 哇！

諸葛亮巧用「圍魏救趙」之計，解了江東之圍。

這個故事出自《三國演義》。曹操想攻打江東，又擔心馬騰會趁機偷襲自己，於是設計殺死馬騰，然後率領三十萬大軍殺向江東。孫權寫信向劉備和諸葛亮求救。諸葛亮讓劉備給馬騰的兒子馬超寫了一封信，勸馬超為父親報仇，馬超原本就有此意，接到劉備的信之後馬上起兵攻打長安。曹操只好放棄攻打江東，回師對付馬超。

歷史典故

西元前354年，魏國派兵圍攻趙國都城邯鄲，趙國經過一年的艱苦抵抗後，向齊國求救。齊國派大將田忌和軍師孫臏率兵救援趙國。田忌想要直接攻打圍攻邯鄲的魏軍主力，但孫臏卻建議直接攻打魏國的都城大梁，這樣魏軍必然會撤兵回救，趙國自然也就可以得救了。

田忌認為孫臏說得有道理，他一面派兵攻打大梁，一面派少量部隊與回撤的魏軍交戰，卻在交戰時故意戰敗，魏軍的主帥龐涓認為齊軍**不堪一擊**，於是一味追擊，結果在桂陵中了齊軍的埋伏。魏軍戰敗，龐涓也被齊軍活捉，趙國也解了邯鄲之圍。

沒過多久，龐涓被齊國釋放，重新回到魏國擔任大將。魏國在這一戰中雖然失敗了，但魏軍主力並沒有太大損失。

西元前343年，魏國派兵攻打韓國。韓國與魏國接連交戰五次，全都吃了敗仗，只好向齊國求救。這一次，齊國命田盼為主將、田嬰為副將，仍以孫臏為軍師，出兵救援韓國。孫臏再次使用了「**圍魏救趙**」的計策，由田盼帶兵攻入魏國，迫使與韓國交戰的魏軍回救。魏軍回到國內之後，魏惠王命太子申和龐涓帶兵與齊國軍隊交戰。此時，孫臏故意讓士兵每天少挖做飯的灶坑，使龐涓誤以為齊軍士兵大批逃亡。結果龐涓輕敵冒進，在馬陵再次中了齊軍的埋伏，龐涓自知敗局已定，憤而自殺，太子申也做了齊軍的俘虜。馬陵之戰以齊軍的勝利而告終。

怎麼沒人抓我呀，快來抓我呀……
我躲，我躲，我再躲，追不上了吧！
亮子哥，我實在跑不動了，別追了行不行……
就要撕掉你的名牌了！
呼哧呼哧——
嘿嘿！
哎，翹翹呢？翹翹……
救命……我在這兒！
她被圍住了！怎麼辦？
看我一招圍魏救趙！跟我來！
咻——
咱不去救翹翹，抓大胖幹嘛？
別問，執行！
快來人哪，快來增援我！
噔噔噔——
哎，哎，他們仨朝我們來了，跑哇！
啊！
好累呀——
累死了！
啊……翹翹是救出來了，咱仨怎麼辦？
分開跑！
呼哧呼哧——
啊，亮子哥怎麼又是你？你別只追我一個人呀！
緣分哪，我就想追你！

邏輯 記憶

三十六計共分為六套計策,每套有六計,「圍魏救趙」是第一套「勝戰計」中的第二計。

第一計 瞞天過海
本指光天化日之下不讓天知道,就過了大海。形容極大的欺騙和謊言,什麼樣的欺騙手段都使得出來。

第二計 圍魏救趙
指用包抄敵人的後方來迫使它撤兵的戰術。

第三計 借刀殺人
比喻自己不出面,利用別人去害人。

第四計 以逸待勞
指作戰時不首先出擊,養精蓄銳,以對付從遠道來的疲勞的敵人。

第五計 趁火打劫
本指趁人家失火的時候去搶東西,現比喻乘人之危而從中撈一把。

第六計 聲東擊西
表面上揚言要攻打東面,其實攻打西面,這是迷惑敵人,好打他一個措手不及的一種戰術。

勝戰計

春秋戰國篇 43

胡服騎射

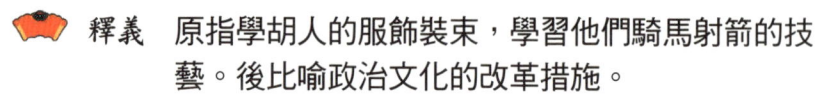

ㄏㄨˊ ㄈㄨˊ ㄑㄧˊ ㄕㄜˋ

① 胡：古代指北方和西方的各民族。

🚩 **釋義** 原指學胡人的服飾裝束，學習他們騎馬射箭的技藝。後比喻政治文化的改革措施。

🚩 **典出＆語見** 《戰國策・趙策二》：「今吾(趙武靈王)將胡服騎射以教百姓。」

「接龍」 射人先射馬 馬到成功 功敗垂成 成事在天 天經地義

「故步自封」

「反義」

「取長補短」

「近義」

🚩 **例句詳解**

哇，好漂亮的衣服！

文帝有令：從今日起，所有魏國子民必須按照此套裝束更換衣冠！

小百科飾鮮卑官員
大壯飾鮮卑人乙
小迷糊飾鮮卑人甲

趙武靈王「胡服騎射」是向胡人學習，
北魏孝文帝改革則是向漢人學習。

　南北朝時期，北魏孝文帝在位期間，全面推行了一系列漢化改革措施，如寫漢字、說漢話、穿漢服、改漢姓、與漢族聯姻等。同時他還將國都從遙遠的北方遷到了中原地區的洛陽，並且推行漢朝的政治制度和儒家文化，加快了漢族與少數民族的融合，為隋、唐建立統一的多民族國家打下了基礎。

萌漫大話成語王 1

趙武靈王是戰國時期趙國國君，他剛剛繼位的時候，趙國國力衰弱，不但在與其他諸侯國的戰爭中接連失去土地和人口，而且其北部邊境也經常受到東胡、匈奴等少數民族的騷擾，這些少數民族當時被統稱為「胡人」。

在與胡人交戰的過程中，趙武靈王發現了一個問題，那就是趙國的士兵都寬袍大袖，乘坐戰車與敵人交戰時，缺少靈活性和機動性，而胡人所穿的衣服都很短，袖口很窄，再加上騎馬作戰，所以行動非常靈活、迅速。

為了提高趙國的軍事實力，趙武靈王決定向這些善於騎馬射箭的胡人學習。為此，他在全國頒佈了「胡服騎射」的命令，不僅軍中士兵、普通百姓要改穿胡人的服裝、學習騎馬射箭，就連趙國的王族和大臣也都要改穿胡服。

從此之後，趙國就建立了一支以騎兵為主的強大軍隊，趙武靈王在位時，滅掉了中山國，同時還對北方的匈奴、林胡、樓煩等少數民族發起了反擊，趙國成為除秦國之外軍事實力最為強大的國家。

「胡服騎射」政策也對當時以及後世中國社會的發展產生了極為重大的影響，漢族與少數民族的融合得到了進一步推進。

夢幻遊樂場
我得買個冰淇淋吃。
先跟我去玩旋轉木馬！
太幼稚了吧？我才不要玩！
哼——
你去不去？
去，去！別瞪人！
嘿嘿
這麼「幼稚」的娛樂項目，還把你整成這樣？
嘔——
把我轉暈了，我們還是去其他設施吧！
嘩——
比賽射氣球？
比就比，射擊我可是強項！女士優先！
那我就不客氣了！
嗖嗖——
十發九中？太震驚了！換我！
十發七中，你輸了！
甘拜下風！
小迷糊，問題可能出在你的衣服上，要不你換件衣服試試？
我們比賽吃冰淇淋吧！
是呀，人家胡服騎射就是改良了衣服！

邏輯　記憶

除了「胡服騎射」，與趙武靈王相關的成語典故還有夢中情人、沙丘宮變。

夢中情人

有一天，趙武靈王睡覺時夢見一個少女為自己彈琴，還唱了一首詩。醒後的趙武靈王意猶未盡，對夢中女子留戀不已，於是就和大臣們說了這個夢。大臣吳廣一聽，覺得趙武靈王描述的和自己的女兒孟姚非常像，於是就把女兒送入宮中，獻給趙武靈王。後來孟姚被稱為「吳娃」，備受寵愛。

孤昨天夢到一個美人！

沙丘宮變

吳娃為趙武靈王生下了兒子趙何，趙武靈王就把太子趙章廢了，立趙何為太子，後來又主動讓位給趙何，自己去當了「主父」（相當於後世的太上皇），趙何就是趙惠文王。沒想到幾年後這位「主父」有些後悔了，覺得有些對不起趙章，於是將趙國分出一部分封給趙章，讓他當了代王。趙國出現了一個太上皇、兩個國王的尷尬局面。後來趙章發動政變想要獨佔趙國，結果被趙惠文王平定，自己也被殺死了。「主父」也被圍困在沙丘宮中三個多月，最後被活活餓死了，落得一個悽慘的下場。

章，你一定也想得到王位吧？

是的，父王！

春秋戰國篇　47

遠交近攻

ㄩㄢˇ ㄐㄧㄠ❶ ㄐㄧㄣˋ ㄍㄨㄥ❷

❶ 交：結交。❷ 攻：進攻，攻打。

釋義　結交離得遠的國家而進攻鄰近的國家。這是戰國時期秦國用以吞併六國、建立統一王朝的一種外交策略。後也指為人處世的一種手段。

典出＆語見　《戰國策・秦策三》：「王不如遠交而近攻，得寸則王之寸，得尺亦王之尺也。今舍此而遠攻不亦謬乎？」

「反義」近交遠攻

「接龍」攻其不備　備多力分　分秒必爭　爭先恐後　後來居上　上天入地　地大物博　博學多才

例句詳解

（大壯飾金國士兵　小迷糊飾北宋士兵）

「宋人休走，拿命來！」

「金國人殺過境啦，快跑哇！」

金國與北宋聯手滅遼，雖然也是「遠交近攻」，但結果卻令人深思。

北宋建立之後，一直與遼國對峙。後來，遼國境內的女真族崛起，並建立了金國政權。宋徽宗時，北宋與金國聯手，滅了遼國，但也將自己的國境直接暴露在金人的威脅之下。後來在「靖康之變」中，北宋為金國所滅，這樣的結局令人深思。

歷史典故

戰國時期，齊、楚、燕、韓、趙、魏、秦七個強國之間鬥爭不斷。秦國地處西方，經過商鞅（一尢）變法之後，實力日益強大，逐漸產生了吞併六國、統一天下的野心。

其他六個國家單獨憑藉自身的實力誰也無法與秦國抗衡，於是便有人四處遊說，主張位於秦朝東邊的六個國家聯合起來，共同對抗秦國，由於這些國家基本上是南北縱向排列，所以這種主張被稱為「合縱」。與此同時，秦國為了破壞「合縱」，也派人四處遊說，拉攏各國實行「連橫」：就是秦國時而與齊、楚結盟，打擊韓、魏等，時而又與韓、魏結盟攻打齊、楚，從而實現分化、瓦解合縱聯盟的目的。這些奔走於各國、負責遊說的人被稱為「縱橫家」，蘇秦、張儀、公孫衍（一ㄢˇ）等人就是當時著名的縱橫家。

范雎（ㄐㄩ）擔任秦國的相國後，又向秦王提出了「**遠交近攻**」的策略，也就是和那些距離秦國較遠的國家結盟，攻打與秦國相鄰的國家，這一策略得到了秦王的採納。同時范雎還建議秦國不斷蠶食周邊國家的土地，「得寸則王之寸，得尺亦王之尺也」。就這樣，秦國經過多次戰爭，先後吞併了楚國、韓國、魏國等國家的大片土地，其實力也越來越強，特別是在長平之戰後，東方六國再也無力抵擋秦國的攻勢。

秦始皇嬴（一ㄥˊ）政繼位之後，發動了吞併六國的戰爭，最終完成了統一大業，並建立了中國歷史上第一個大一統的封建王朝——秦朝。

屈原！
看我用管仲對付你！
啪！
我選蒙恬，進攻！
蒙恬太厲害，我逃！
你們居然在教室玩英雄殺？
快收起來，老師來了！
同學們，今天我們講「遠交近攻」的典故！
遠交近攻
咳咳！
啊，糟了！
嘩啦
大壯，地上是什麼？
老師，是……我……
老師，我們在提前預習遠交近攻！
哦？是嗎？那你解釋解釋！
秦國
魏國
老師，您看，我選秦國猛將的時候，魏國離我最近，所以我要攻打他！
哦？繼續說！
秦國
楚國
對於離秦國比較遠的齊國和楚國，我們就保持良好關係。
編得好像很牽強啊！
是呀，但是偉大的老師肯定明白我的意思！
我還真沒聽懂！這樣吧，你們仨，下課到我辦公室來一趟，咱四個深入切磋切磋！
……

邏輯　記憶

像「遠交近攻」一樣，有很多成語中包含互為反義詞的字。

含有「遠」「近」這一組反義詞的成語有哪些？

遠近聞名

捨近求遠

遠親近鄰

由近及遠

遠近

遠在天邊，近在眼前

人無遠慮，必有近憂

你還知道哪些含有反義詞的成語呢？

聲東擊西　揚長避短

舉重若輕　起死回生

貪生怕死　東倒西歪

大同小異　七上八下

春秋戰國篇 51

紙(ㄓˇ)上(ㄕㄤˋ)談(ㄊㄢˊ)兵(ㄅㄧㄥ)

❶ 紙上：書本上，指兵書。 ❷ 兵：用兵，指作戰。

釋義 比喻空談理論，不能解決實際問題。

典出&語見 《史記‧廉頗藺相如列傳》：「趙王因以(趙)括為將，代廉頗。藺相如曰：『王以名使括，若膠柱而鼓瑟耳。括徒能讀其父書傳，不知合變也。』趙王不聽，遂將之。趙括自少時學兵法，言兵事，以天下莫能當。嘗與其父奢言兵事，奢不能難，然不謂善。」

「近義」 坐而論道 ｜「反義」 腳踏實地 ｜「接龍」 兵強馬壯 壯志凌雲 雲蒸霞蔚 蔚然成風 風土人情

例句詳解

> 小迷糊趙括 大壯飾白起

> 聽說你熟讀兵書，很會打仗？

> 跟您比差遠了……求求您別打了……

紙上談兵的趙括，怎麼可能是「殺神」白起的對手？

　　長平之戰期間，秦軍的主帥原本是王齕(ㄏㄜˊ)。趙國更換主帥之後，秦國也偷偷地任命白起為主帥。白起被譽為「殺神」，與廉頗、李牧、王翦並稱為「戰國四大名將」。他身經百戰，曾經大敗韓魏二十四萬聯軍，攻破楚國的郢(ㄧㄥˇ)都，趙括怎能是他的對手呢？

歷史典故

戰國時期，趙國名將趙奢的兒子名叫趙括，從小就喜歡研究軍事。他熟讀兵法，有時候跟父親討論如何排兵佈陣，連父親都無法勝過他。趙括對此感到非常得意，認為自己可以超越父親成為一代名將。但趙奢卻對自己的兒子感到擔心，他甚至對別人說：「希望我兒子日後不要成為趙國軍隊的統帥，否則必然會打敗仗！」

趙奢去世之後不久，秦國與趙國之間就爆發了曠日持久的長平之戰。起初，趙王任用老將廉頗與秦軍作戰。在前線，廉頗採取了防守的戰略，秦軍攻打了很長時間，都沒有取得任何成效。於是秦國派人到處宣揚，說趙國最厲害的是趙括，廉頗根本比不上他。於是趙王便決定由趙括來代替廉頗擔任主帥。

趙括來到前線之後，改變了之前廉頗定下的堅守策略，主動向秦軍發動進攻。秦軍主將派出一部分士兵誘敵深入，將趙軍主力引入秦軍的包圍圈，另外一路秦軍則切斷了趙軍的後路，將四十萬趙軍圍困於長平。經過四十六天的包圍，趙軍缺水少糧，士兵們又渴又餓，完全喪失了戰鬥力。趙括無計可施，於是決定兵分四路來突圍。趙括親自帶頭衝鋒，結果被秦軍亂箭射死，幾十萬趙軍投降，被全部坑殺。

長平之戰後，原本實力強大的趙國一蹶不振，再無力與秦國抗衡。西元前222年，趙國公子嘉被秦國大將王賁俘虜，趙國滅亡。

叮叮噹噹
看我的花式跳繩厲不厲害？
唰唰唰
我好緊張啊！等等就要考了，我還沒練好呢！
小迷糊談笑風生，看來是胸有成竹哇！
是誰呼喚我的名字？
想向我請教？
請教你？你會啥？
花式跳繩技巧我可知道不少呢！
得意
一串肉丸子一條技巧。
給我來五條！
哈哈
哎呀，你就不用！
我免費教給你呀，第一…… 第二……
考試結束
咔嗒
考試結束！同學們跳得都不錯！
小迷糊不合格，留下，其他人下課！
還好沒聽你的，紙上談兵！
哈哈，肉丸子都哭了！
失誤，丟臉！
我們先吃肉丸子去，饞一饞小迷糊！

> 趙括「紙上談兵」，他父親趙奢卻是真的厲害，我們來看看發生在趙奢身上的成語典故吧！

> 你竟敢殺了我的家臣！

> 是他們違反了法律！

奉公守法

趙奢原來是趙國負責收稅的官員。他到平原君家收取租稅，但平原君家人不肯繳稅，趙奢根據律法殺了平原君家九個管事的人。平原君十分惱怒，要殺了趙奢。趙奢說：「您在趙國是貴公子，現在縱容家臣不奉行公事，法律的效力就會削弱。法律的效力削弱，國家就衰弱。國家衰弱，諸侯就會發動戰爭侵略趙國，那時候趙國都滅亡了，您還怎麼擁有現在這樣的富足生活呢？」

平原君由此認為趙奢賢能，對趙王說了這件事。趙王於是提拔趙奢管理國家的賦稅。後來趙國國庫充實、百姓富裕。

曠日持久

戰國時期，燕國攻打趙國。趙王召大臣商議對策，國相趙勝說：「齊國的名將田單，智勇多謀。我國可以割三座城池送給齊國，請田單來帶領趙軍作戰！」但大將趙奢不同意，他說：「田單來指揮趙軍，也可能敵不過燕軍，就算田單確有本領，但他未必肯為我國真出力。我國強大，對他們齊國很不利呀！田單要是來了，他一定會把我國軍隊拖在戰場上，讓仗長時間地打下去，把我國的人力、財力、物力消耗掉！」但是，趙王沒聽趙奢的意見，仍割讓三城，請田單擔任將領和燕國作戰，趙國果然投入了一場消耗戰，付出了很大的代價，卻沒有獲得理想的勝利。

西元前221～220年

強秦盛漢篇

　　戰國末年，秦國崛起並最終建立了中國歷史上第一個大一統的封建王朝。此後，經過大澤鄉起義、楚漢戰爭的洗禮，漢朝建立，並基本延續秦的制度，史稱「漢承秦制」。秦、漢兩朝總計四百多年的歷史，被載入《史記》、《漢書》、《後漢書》當中，這一部分所講述的成語故事，也大都出自這些史料。從中我們可以明白秦朝為何二世而亡，漢朝又何以強盛一時。大澤鄉起義、楚漢之爭、綠林赤眉起義則展現了一幅幅波瀾壯闊的歷史畫卷。

指鹿為馬

ㄓˇ ㄌㄨˋ ㄨㄟˊ ㄇㄚˇ

❶ 指：指著。 ❷ 為：是。

🏮 **釋義** 指著鹿，說是馬。比喻有意顛倒黑白，混淆是非。

🏮 **典出＆語見** 《史記・秦始皇本紀》：「趙高欲為亂，恐群臣不聽，乃先設驗，持鹿獻於二世，曰：『馬也。』二世笑曰：『丞相誤耶？謂鹿為馬。』問左右，左右或默，或言馬以阿順趙高。或言鹿者，高因陰中諸言鹿者以法。」

| 「近義」 | 顛倒黑白 | 「反義」 | 是非分明 | 「接龍」 | 馬到成功 功成不居 居高臨下 下里巴人 人壽年豐 |

🏮 **例句詳解**

> 陛下何故謀反？
>
> 從古至今，只有大臣謀反，誰聽說過皇帝謀反？

小迷糊飾高澄
小百科飾元善見

高澄的「陛下謀反」，比趙高的「指鹿為馬」更加囂張跋扈。

東魏時期，權臣高澄想篡位，於是派人晝夜監視當時的皇帝元善見。元善見想挖地道逃出都城，然後召集地方上的軍隊討伐高澄，可惜很快就被高澄發現了。高澄生氣地問：「陛下為什麼要謀反呢？」元善見回答說：「從古至今，只有大臣謀反，誰聽說過皇帝謀反？」

歷史典故

秦始皇在位時，宦官趙高由於精通朝廷律法，被任命為中車府令。趙高善於**察言觀色**，深得秦始皇與胡亥的信任。

西元前210年，秦始皇在出遊時病死，趙高與丞相李斯秘不發喪，並且偽造詔書，逼迫秦始皇的長子扶蘇自殺，扶持胡亥繼位，史稱秦二世。為了達到**獨攬大權**的目的，趙高設計處死了李斯，自己當上了丞相。

一次朝會上，為了測試朝中百官是否真的服從自己，趙高當著秦二世的面，命人牽來一頭鹿，然後說道：「陛下，這是我敬獻給您的一匹千里馬！」秦二世看了看，笑著對趙高說：「丞相看錯了，這是鹿，您怎麼說是馬呢？」

但趙高仍然堅定地說：「請陛下再仔細看看，這就是一匹馬！」秦二世疑惑地問道：「那馬的頭上為什麼會長角呢？」

趙高用手指著眾大臣，繼續說：「陛下如果不信，可以聽文武百官怎麼說！」

大臣們都明白了趙高的用心，一些膽小的大臣低頭不語，生怕說真話會被害。有極少幾個正直的大臣，堅持認為牽過來的是鹿。其餘的奸佞之臣紛紛說那就是一匹千里馬。

事後，那些正直的大臣都受到了趙高的迫害。趙高繼續推行暴政，在全國內引發了大規模的農民起義。西元前207年，趙高迫使秦二世自殺，改立子嬰為皇帝，但不久被子嬰設計殺死。

強秦盛漢篇

海洋館
這個水族館可真大！
都逛了一個小時還沒逛完呢！
哎呀，我不行了，實在走不動了！
我們去前面休息一下吧！
呼——
你們怎麼坐下了？前面還有海豹呢！
海豹？我們快去看看！
……
這是海象，不是海豹好嗎！
大壯先生，這裡寫著呢，海——象——
咦？
海象
我說牠是海豹，牠就是海豹！
大壯，你指鹿為馬呀！
指鹿為馬？哼，我……我……
哼——
小迷糊，你過來，我現在就把你當馬騎！
海豹就在前面……
是他倆說你，你找我幹嘛呀？

邏輯 記憶

像趙高這樣干政的壞宦官，在歷史上還有誰呢？
東漢張讓，唐代高力士，宋代童貫，明代魏忠賢、王振、劉瑾，在他們身上，發生「指鹿為馬」這樣的事，一點兒也不奇怪。

力士脫靴

李白曾侍唐玄宗飲宴，醉酒後讓高力士為他脫靴子。高力士平日因為皇帝寵幸而驕橫慣了，連朝中王公大臣都爭相巴結，認為脫靴這件事是對自己極大的羞辱，總想要報復。

李白為楊貴妃寫過《清平調詞》三首，楊貴妃很喜愛，經常吟誦。一次，楊貴妃正在吟誦時，高力士乘機挑撥說：「我本以為貴妃會對李白恨入骨髓，沒想到會這麼喜歡這幾首詩！」楊貴妃驚訝地問：「為什麼要恨李白呢？」高力士說：「他用漢宮中的趙飛燕和貴妃您相比，這對您是大大的貶低呀（因趙飛燕與人私通遭貶）！」楊貴妃覺得很有道理，玄宗幾次想封李白官職，都被楊貴妃阻止了。

「指X為X」形式的成語還有哪些？

指腹為婚
雙方的孩子還沒有出生，就為他們定下婚約。

指皂為白
指混淆黑白，顛倒是非。

指天為誓
指著天發誓。表示意志堅決或對人表示忠誠。

指雁為羹
指著天上飛過的大雁，說要把它做成肉羹。比喻用空想來安慰自己。

指樹為姓
傳說老子生於李樹下，因此以李為姓。

強秦盛漢篇

揭竿而起

jiē gān ér qǐ

① 揭：舉起。 ② 竿：竹竿，代指旗幟。

🚩 **釋義**　高舉反抗的旗幟，起來鬥爭。原指秦末陳勝、吳廣發動農民起義。後泛指(人民)起義。

🚩 **典出＆語見**　漢・賈誼《過秦論》：「斬木為兵，揭竿為旗，天下雲集回應。」
清・袁枚《與江蘇巡撫莊公書》：「貧民知之，必謂為富不仁，上之所惡也，劫而取之，上將我寬，勢必揭竿而起，呼號成群，害之所至，豈有底止？」

「近義」　斬木揭竿

「反義」　忍辱偷生

「接龍」　起早貪黑　黑白分明　明日黃花　花枝招展　展翅高飛

🚩 **例句詳解**

> 我們要推翻暴秦，就先送你上路吧！
>
> 你不要輕舉妄動。

小百科飾縣令
小迷糊飾義軍
大壯飾陳嬰

在秦末揭竿而起的農民起義軍中，東陽縣的陳嬰可謂「異軍突起」。

　　陳勝、吳廣起義之後，東陽縣的百姓殺死縣令，聚集了幾千人，也宣佈起義，並推舉縣吏陳嬰做首領。為了與其他地方的起義軍相區別，起義軍全都用青色的頭巾裹住頭，以表示他們是一支新興起的、與眾不同的軍隊，史書上將之稱為「異軍突起」。

歷史典故

秦朝建立後，秦始皇、秦二世接連推行暴政。男子17歲就要服徭役，直到60歲才能免除；農民辛苦一年的收成，三分之二都要作為賦稅上交國家。可想而知，老百姓的生活有多麼艱難。而且，秦朝的法律非常嚴酷，一人犯死罪，親族都要處死；一家犯法，鄰里都要受牽連。到了秦二世，秦朝的統治更為殘暴，這導致了大規模農民起義的爆發。

西元前209年，朝廷徵調陳勝、吳廣等九百餘名貧民前去戍守漁陽，途中經過蘄（ㄑㄧˊ）縣大澤鄉，因連日大雨，他們無法按規定日期到達漁陽。按照秦朝法律，如果不能按期到達，就要被砍頭。於是陳勝、吳廣決定發動起義，反抗暴秦。他們合力殺掉了負責押解的軍官，把眾人召集到一起，說道：「大家在這裡被大雨所阻，誤了規定的期限，按照律法是要被殺頭的。就算僥倖免除死罪，但駐守邊疆，又有幾個人能夠活著回來呢？大丈夫即便是死，也要青史留名。難道那些王侯將相都是天生就注定的嗎？」

眾人聽了以後齊聲高呼：「我們心甘情願服從命令！」於是大家推舉陳勝為將軍，吳廣為都尉，起義軍連續攻克了大澤鄉和蘄縣，建立了張楚政權。附近的百姓聽說之後，也紛紛回應，他們砍下木棒做兵器，舉起竹竿做旗幟，給秦朝的統治造成了沉重打擊。

下週舉行拔河比賽，誰想參加呀？
我！
我要報名！
我們先和哪個班比呀？
6班！
啊？開頭就碰上王牌選手？他們班有好幾個校隊的！
校隊我也敢挑戰！
嘿嘿嘿
我們班就你一個大壯，人家班上一群大壯呢！
我負責「揭竿」！
必勝
加油！
起！！！
什麼跟什麼啊……
我沸騰了，我也要出征！小百科，你也來吧！
來就來！眼鏡碎了我也絕不鬆手！
嘿嘿嘿
必勝！
啊

邏輯記憶

連連看,從下面的成語中找出「揭竿而起」的近義詞和反義詞。

逼上梁山
鋌而走險
逆來順受
引頸受戮
忍辱偷生
官逼民反
斬木揭竿

揭竿而起

近義詞

反義詞

答案
近義詞:逼上梁山、鋌而走險、官逼民反、斬木揭竿
反義詞:逆來順受、引頸受戮、忍辱偷生

你還知道哪些含「竿」字的成語?

立竿見影　百尺竿頭　日上三竿

項莊①舞劍，意在沛公②

① 項莊：項羽手下的武將。② 沛公：劉邦。

釋義 表面上的言語行為所表示的意思，並不是行為者的真正意圖。

典出＆語見 《史記·項羽本紀》：「樊噲曰：『今日之事何如？』良曰：『甚急。今者項莊拔劍舞，其意常在沛公也。』」

「近義」別有用心

「反義」光明正大

「接龍」公正廉明→明月清風→風趣橫生→生財有道→道盡途窮

例句詳解

> 醉翁之意不在酒，在乎山水之間也！

小百科飾歐陽修

「項莊舞劍，意在沛公」，與「醉翁之意不在酒」有異曲同工之妙。

「醉翁之意不在酒，在乎山水之間也」是北宋文學家歐陽修《醉翁亭記》中的名句。他用這句話來表達自己喝酒的本意不是為了喝醉，而是為了更好地欣賞風景。但後來人們就將這句話用來形容別有用心，這與「項莊舞劍，意在沛公」的意思是差不多的。

歷史 典故

秦朝末年，陳勝吳廣的起義雖然失敗了，但全國各地卻爆發了更多的起義。其中在楚地起兵的項羽和在沛縣起兵的劉邦實力最強，他們約定：誰先攻佔咸陽，誰就在關中地區稱王。結果率先攻佔咸陽的人是劉邦。

項羽聽說劉邦攻佔了咸陽，非常不滿，準備出兵攻打劉邦。當時項羽的兵馬暫時駐紮在鴻門，項羽的叔叔項伯和張良是好朋友，他偷偷地來到劉邦的軍營，勸張良趕緊逃命。

張良不忍心離開劉邦，就將項伯引見給劉邦，劉邦熱情款待項伯，並與他訂下了兒女婚約。項伯勸劉邦主動向項羽求和，這樣就可以避免雙方加深矛盾。

第二天，劉邦就帶著張良和樊噲來到鴻門，向項羽賠禮道歉，並聲稱自己無意稱王，咸陽的秦王宮也派人把守，就等項羽前來接收。項羽聽了非常高興，在帳內設宴款待劉邦。

席間，項羽的謀士范增多次示意項羽殺掉劉邦，但項羽**無動於衷**。范增就派項莊在席前舞劍助興，正當項莊尋找機會殺掉劉邦時，項伯也拔劍起舞，用身體護住劉邦，項莊一時無法得手。見此情景，張良連忙來到帳外，對樊噲說：「項莊正在席間舞劍，他想趁機殺掉沛公！」樊噲一聽，立刻闖入營帳，引起了項羽的注意，劉邦趁機說自己要上廁所，終於逃離宴會，安全地返回了自己的軍營。

強秦盛漢篇 67

嗖——
啪！
ZZZZZZZZ
啊？老師，我沒睡！
哈哈，都下課了，還老師呢，真是夠迷糊的！
突然站起
小百科你又捉弄我，找打！
嗖——
欸，我閃，沒打著！
你倆別在教室鬧了，打到別人怎麼辦？
我是神投手，指哪打哪，這回他死定了！
嗖——
哎喲，誰打我？
啪！
迷糊，原來你是項莊舞劍，意在沛公啊！
是你小子偷襲我？
大壯，我不是故意的！
我看你就是故意的，給我站住！
大壯士，大壯漢，我要打的是小百科！
小迷糊，是有多迷糊哇！

邏輯 記憶

除了「項莊舞劍，意在沛公」，與鴻門宴相關的成語還有哪些？

彘肩斗酒

形容英雄豪壯之氣。

鴻門宴上，站在帳外的樊噲聽說劉邦處境危險，拚命闖了進去，對項羽怒目而視。項羽問道：「這個人是誰？」張良回答：「他是劉邦的武士，名叫樊噲。」項羽說：「真是壯士呀！」於是賜給他一斗酒和一隻豬肩。樊噲毫不客氣，端起酒就喝，用劍切下豬肉就吃。項羽又說：「壯士，還能再喝酒嗎？」樊噲回答：「我連死都不怕，喝幾斗酒算什麼？」樊噲這一番勇武豪氣的表現把項羽和他的手下人都給鎮住了，一時不知如何是好。

拿酒來！

勞苦功高

形容做事勤苦而功勞很大，多用以慰問和讚頌別人。

樊噲對項羽說：「我們沛公出了很多力，吃了很多苦，立下了這麼大的功勞，現在不僅沒有得到封侯的賞賜，反倒要被聽信讒言的大王您殺害，您這是在走滅亡的秦朝的老路啊！」一番話把項羽說得無言以對。

人為刀俎，我為魚肉

比喻生殺大權掌握在別人手裡，自己只能任人宰割。

劉邦借上廁所的機會與樊噲商議如何逃走，樊噲說：「現在他們就是那切肉的刀和砧板，我們就是砧板上的魚和肉，為什麼還要告辭呢？」於是劉邦連來時坐的車都不要了，獨自騎馬逃離了鴻門。

強秦盛漢篇 69

背水一戰

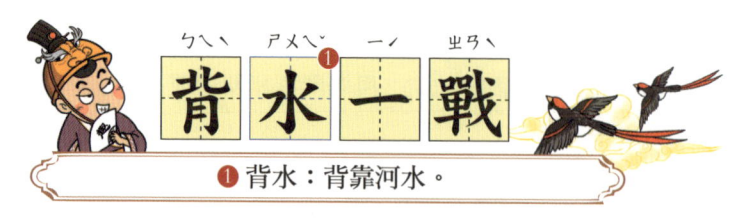

ㄅㄟˋ ㄕㄨㄟˇ ㄧˊ ㄓㄢˋ

① 背水：背靠河水。

🔴 **釋義** 背靠著河水，斷絕自己的後路與敵人作戰。指決一死戰。

🔴 **典出&語見** 《史記·淮陰侯列傳》：「(韓)信乃使萬人先行，出，背水陳(陣)……軍皆殊死戰，不可敗。」《將帥》：「韓信之擊趙，非素拊循士大夫也，背水一戰而擒趙王歇，斬成安君，是不在乎任之久近也。」

| 「近義」 | 破釜沉舟 | 「反義」 | 臨陣退縮 | 「接龍」 | 戰戰兢兢 兢兢業業 業精於勤 勤學好問 問道於盲 |

🔴 **例句詳解**

> 王莽老賊，還我大漢江山！
>
> 別追了，我認輸！
>
> 小百科飾劉秀
> 小迷糊飾王莽

昆陽之戰中，漢軍背水一戰，最終獲勝。

西漢末年，權臣王莽篡奪皇位建立新朝，但根基不穩，引發了「綠林起義」。王莽派四十二萬大軍圍攻起義軍據守的昆陽城，光武帝劉秀當時還只是一員偏將，但他卻堅決反對投降，帶領昆陽守軍背水一戰，最終以少勝多，用不到兩萬的兵力打敗了王莽。

歷史 典故

漢高祖三年，劉邦派韓信攻打趙王歇，以便為自己與項羽展開最後的決戰鋪平道路。當時，韓信手下有三萬人，而且是遠道而來；趙軍有二十萬人，駐紮在井陘（ㄒㄧㄥˊ）關，**以逸待勞**，因此，韓信要想贏得勝利幾乎是一件不可能的事情。

井陘關是一個非常狹窄的關口，易守難攻。當聽到韓信前來攻打自己的時候，趙王歇手下的參謀便建議設法堵住井陘關的出口，然後再派兵從小路切斷漢軍的糧草補給。漢軍失去後方補給，必然無法堅持太長時間，到時自然就能獲勝。然而趙軍的主將並沒有採納這個好建議，他覺得正面作戰就足以將漢軍一舉殲滅。

韓信聽說這個消息之後非常高興，連忙下令讓士兵們吃飽喝足，做好戰鬥準備。然後，他派少量人馬繞到趙軍的後方埋伏起來，一旦發現趙軍離開軍營，就立即攻進去，並將漢軍的旗幟換上。然後又命一萬人為前鋒，背靠河岸列開陣勢。天色剛亮，漢趙兩軍便展開了一場激戰。韓信下令讓漢軍邊打邊撤，一路退到河邊。趙軍認為漢軍敗局已定，於是**傾巢而出**，背對河水的漢軍此時已經沒有了退路，只能和韓信一起奮勇殺敵。趙軍見漢軍突然變得勇猛無比，知道無力取勝，便準備退回營中。可是，他們卻發現自己的營地上飄揚著漢軍的旗幟，以為漢軍已經完全佔領了自己的軍營，不由軍心大亂，嚇得四處逃散。漢軍**乘勝追擊**，取得了戰鬥的勝利。

戰後，有人問韓信為什麼要背水列陣，韓信大笑，回答說：「可能你沒有注意到，其實兵法上是有這個策略的。不是有句話叫『投之亡地然後存，陷之死地然後生』嗎？正是因為沒有了退路，士兵們只有奮勇殺敵才能有一條活路，否則就一點兒希望也沒有了！」

強秦盛漢篇

同學們，我們現在看到的就是著名的黃果樹瀑布。
啊——此時此刻我想吟詩一首。
飛流直下三千尺，疑是銀河落九天！
搶我台詞？我好不容易會一首。
小迷糊，快站過去，我給你拍個照。
看我這個姿勢酷不酷？
背對鏡頭啦，轉過來，背對瀑布！
啊——此時此刻，我想到一個成語……
背水一戰（站）！
哪有這樣的，欺負人是吧？
呃，我不說了。
下面請小迷糊才子為大家朗誦「想到一個成語」！
雅興沒了，後果很嚴重！
息怒，我替你說，玉樹臨風！
玉樹臨風的小迷糊，我笑一會兒……
哼！

邏輯　記憶

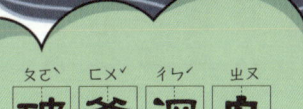

你能在下列成語中找出「背水一戰」的反義詞嗎？

破釜沉舟
ㄆㄛˋ ㄈㄨˇ ㄔㄣˊ ㄓㄡ

把飯鍋打破，把渡船鑿沉。表示下定決心，一點兒後路都不給自己留。

望風而逃
ㄨㄤˋ ㄈㄥ ㄦˊ ㄊㄠˊ

遠遠望見對方的氣勢很盛，就嚇得逃跑了。

背城借一
ㄅㄟˋ ㄔㄥˊ ㄐㄧㄝˋ ㄧ

在自己城下和敵人決一死戰，多指決定存亡的最後一戰。

臨陣退縮
ㄌㄧㄣˊ ㄓㄣˋ ㄊㄨㄟˋ ㄙㄨㄛ

臨到上陣作戰時後退畏縮了，比喻在緊要關頭不朝前走了。

濟河焚舟
ㄐㄧˋ ㄏㄜˊ ㄈㄣˊ ㄓㄡ

渡過了河以後把船燒掉。比喻有進無退，決一死戰。

答案：望風而逃、臨陣退縮

強秦盛漢篇

無爲而治
（ㄨˊ ㄨㄟˊ ㄦˊ ㄓˋ）

🦇 **釋義** 自己從容安逸無所作為而使天下太平。古代儒家主張以德政治民，不用刑罰，從而達到社會安定。後多指寓治於教化之中。

典出＆語見 《論語·衛靈公》：「無為而治者，其舜也與？夫何為哉？恭己正南面而已矣。」

| 「近義」 | 無為自化 | 「反義」 | 勵精圖治 | 「接龍」 | 治病救人 人傑地靈 靈機一動 動人心弦 弦外之音 |

🦇 **例句詳解**

> 接下來，你們的任務是：好好種地，多產糧食！

> 是，陛下！我等堅決完成任務！

小迷糊飾農民
大壯飾士兵
小百科飾朱元璋

明朝初年堅持「<u>無為而治</u>」，實現了「仁宣之治」。

明太祖朱元璋統一天下之後，推行「無為而治」的國策，並說：「天下初定，百姓財力匱乏，好比新樹不可折枝，小鳥不可拔羽！」為此，他特許流民開荒種地，並免除三年的勞役和賦稅；軍隊也要屯田墾荒，<u>自給自足</u>；同時大力興修水利，獎勵棉麻種植，使政府的稅收大大增加。到明仁宗、明宣宗在位時，明朝變得富足繁榮，史稱「仁宣之治」。

順其自然

「無為而治」並不是字面上的「什麼都不做」，而是不亂作為，不對老百姓進行過多干預，給他們充分的休養生息的時間，以達到恢復經濟、發展民生的目的。

漢朝初年，由於秦末動亂，國家和百姓都很疲弱，漢文帝和他的兒子漢景帝便採取了「無為而治、與民休息」的政策，通過各種舉措來恢復國力。他們在位期間，頒佈了各種讓百姓休養生息的政令，如釋放奴僕、遣返軍隊，給他們分田地，讓他們從事農業生產；同時，為了減輕稅賦，朝廷還將「十五稅一」改為「三十稅一」，並將秦朝一年服一個月的徭役改為三年服一個月；為了提高農民種地的積極性，朝廷還下令提高農產品的價格。此外，統治者還廢除自秦朝以來的苛政，並帶頭反對鋪張浪費、提倡節儉。漢文帝在位二十餘年，未興建過新的宮殿，衣著也很簡樸。臨去世時，文帝還告訴繼位的景帝，自己不要金銀財寶陪葬，用瓦器即可。

這一系列政策使漢初經濟得以發展。據歷史記載，西漢初年，侯爵的封地內人口最多不超過一萬戶，小的只有五六百戶；到了漢景帝時，有的侯爵的封地已經達到了三四萬戶，最小的也超過了一千戶。因此，歷史上將漢文帝、漢景帝在位的時期稱為「文景之治」，這也是中國封建社會第一個治世局面。

等到漢武帝時，漢朝進入全盛時期，當時社會上「民人給家足，都鄙廩庾（ㄌㄧㄥˇㄩˇ）盡滿，而府庫餘財；京師之錢累百巨萬，貫朽而不可校；太倉之粟陳陳相因，充溢露積於外，腐敗不可食」。老百姓過上了富足、安定的生活，國家也變得強大，漢朝因此成為令中國人感到驕傲的朝代。

強秦盛漢篇

走哇小迷糊，咱倆出去玩會兒吧！
不行啊，我還有作業沒寫完，再不寫，我爸會發飆！
作業中
敢說你爸發飆？
嘿嘿，我也就嘴上說說！
你應該跟叔叔說，讓他啥都別管，你自己管自己！
我絕對能把自己管得好好的，可惜我爸不信任我！
無為而治？行啊，你可以自己管自己，沒問題！
爸，您怎麼神出鬼沒的？嚇我一跳！
兒子，爸就不催你寫作業了，寫不完的話，你自己負責哈！
爸，別這樣，我不適應！
大壯，你爸傳訊息喊你回家收拾房間。
哦哦，您告訴我爸，我馬上走！
你也跟你爸說，「無為而治」呀！
這——我還是絲滑的離開吧！
爸，中午吃什麼？
你自己管自己吧！

邏輯 記憶

像「無為而治」一樣，第三個字是「而」的成語，你知道哪些？

不約而同
脫口而出
隨遇而安
背道而馳
適可而止
魚貫而出
不勞而獲
拍案而起
知難而退
揚長而去
不辭而別
魚貫而入
油然而生
蜂擁而至
從天而降
不言而喻
落荒而逃
戛然而止
滿載而歸
奪眶而出
侃侃而談

我真是太有文采了！

強秦盛漢篇 77

罷黜[1]百家，獨尊儒術[2]

❶ 罷黜：廢棄不用。 ❷ 百家：指諸子學說。

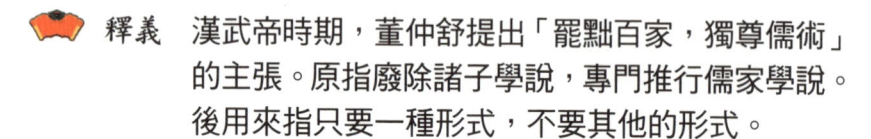

釋義 漢武帝時期，董仲舒提出「罷黜百家，獨尊儒術」的主張。原指廢除諸子學說，專門推行儒家學說。後用來指只要一種形式，不要其他的形式。

典出&語見 《漢書‧武帝紀贊》：「孝武初立，卓然（突然）罷黜百家，表章（彰）《六經》（指儒家的六部經典《詩》《書》《禮》《易》《春秋》《樂經》）。」

「近義」	「反義」	「百家爭鳴」	「接龍」
一花獨放			天外有天 人定勝天 後發制人 黃雀在後 術紹岐黃

例句詳解

小百科飾劉裕
大壯飾趙匡胤
小迷糊飾曹丕

你的屋子金光閃閃，真漂亮！你一定非同小可！

香氣四溢，青雲蔽日，想必你們也是帝王命吧？

罷黜百家，獨尊儒術，為歷代皇帝維護皇權提供了理論支撐。

董仲舒在提出「罷黜百家，獨尊儒術」之後，又進一步提出「君權神授」觀點，並受到了歷代皇帝的歡迎。如史書記載魏文帝曹丕出生時，屋頂有一片大如傘蓋的青雲；宋武帝劉裕出生時，房屋被神光照亮；宋太祖趙匡胤出生時，全身金光閃閃並散發異香，所以乳名「香孩兒」。

歷史 典故

漢武帝時期，經過幾十年的**休養生息**，漢朝國力大增，但也產生了很多矛盾，如內部土地兼併嚴重、諸侯國勢力膨脹；外有匈奴威脅著國家的安全。為了能夠更好地解決這些問題，學者董仲舒建議「**罷黜百家，獨尊儒術**」，被漢武帝採納。

在將儒家思想提升為正統思想之後，朝廷還通過宣揚「**三綱五常**」來強化道德對人的約束力，並且通過宗法制度對個人、家族、國家的關係進行梳理，使社會矛盾得以緩解，從而達到鞏固中央集權、實現國家**長治久安**的目的。

除此之外，董仲舒還對儒學進行了神學化改造，提出了「天人感應」和「君權神授」等觀點，從而在理論上證明了君主專制的合理性，滿足了統治階級的需要。從此以後，儒家思想對後世產生了深刻影響，並受到歷代統治者的推崇，成為中國封建社會的正統思想。

春秋戰國時期，出現了老子、孔子、莊子、墨子、孟子、荀子、韓非子等很多著名的學者，他們宣揚不同學術思想和政治主張，並建立了道家、儒家、陰陽家、法家、名家、墨家、縱橫家等多個學派，史學家將其統稱為「諸子百家」。

秦朝建立後，為了統一思想，下令將秦國以外的史書，以及除醫藥、占卜、農事之外的書籍全部焚毀，同時，對於誹謗「郡縣制」的儒生淳于越，私下議論秦始皇的方士盧生、侯生等460多人全部坑殺，史稱「**焚書坑儒**」，但這反而加速了秦朝的滅亡。

正
正
正
正
嘻嘻，小老師的筆記……
不許動翹翹的東西！
站住！
我就偷偷看一眼！
看也不行！
停！
有老師今天要聽寫的成語哦！
那讓我看看……
咦？
這叫罷黜百家，獨尊儒術！
今天要考的嗎？
哇——
我要是有一百個家，一個放零食，一個放滿玩具，一個放……
翹翹……
嘿嘿——
大壯，你們在說什麼？
他倆跑得真快！
哈哈！
翹翹你說什麼？
罷黜百家，獨尊翹翹！

邏輯記憶

「罷黜百家，獨尊儒術」中的「罷黜百家」和「獨尊儒術」是並列關係。在八字成語中，像這種前後屬於並列關係的還有很多。

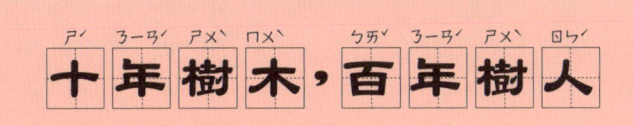

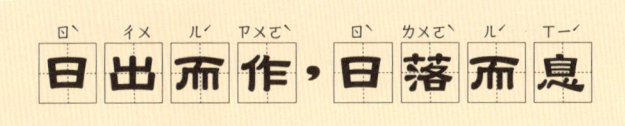

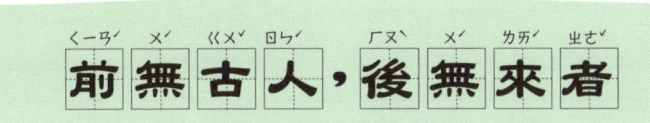

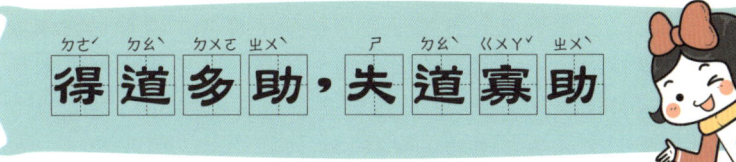

近朱者赤，近墨者黑

十年樹木，百年樹人

日出而作，日落而息

前無古人，後無來者

得道多助，失道寡助

夜郎自大

ㄧㄝˋ ㄌㄤˊ ㄗˋ ㄉㄚˋ

❶ 夜郎：漢代時西南地區的一個小國。

🏮 **釋義**　比喻人無知，妄自尊大。

🏮 **典出＆語見**　《史記・西南夷列傳》：「滇王與漢使者言曰：『漢孰與我大？』及夜郎侯亦然。以道不通，故各自以為一州主，不知漢廣大。」

| 「近義」 | 妄自尊大 | 「反義」 | 妄自菲薄 | 「接龍」 | 大材小用 用心良苦 苦盡甘來 來勢洶洶 洶湧澎湃 |

🏮 **例句詳解**

> 大海可真是一望無際，我這可真是貽笑大方了！

小百科飾河神

夜郎自大的結果就是貽笑大方。

《莊子・秋水》中有這樣一個故事：由於山洪暴發，河水猛漲，河面變得很寬，以至於連對面是牛是馬都分不清楚，河神也因此變得非常得意。但當河水一路向東流入大海的時候，才發現大海根本望不到邊，於是河神便嘆息著說：「我這可真是貽笑大方了！」貽笑大方，指見識短淺的人被見識廣博的人笑話。

歷史典故

漢武帝時，為了加強漢朝與西域的聯繫，曾兩次派博望侯張騫（ㄑㄧㄢ）出使西域。

張騫第一次出使西域是為了尋找並聯絡曾被匈奴趕跑的大月氏（ㄓ）國。但是當張騫等人剛走到河西走廊的時候，就被匈奴的士兵發現並活捉，張騫被關押了十幾年才僥倖逃脫，之後他到達了大月氏國。但是此時的大月氏根本不想對抗匈奴，張騫無奈之下只得返回漢朝。

後來，漢武帝又派張騫第二次出使西域。這一次，張騫等人來到了烏孫、大宛、康居、大夏等西域國家，從此，漢朝與這些國家建立了貿易關係，著名的「絲綢之路」也就是從這時開始的。

張騫回到漢朝之後，向漢武帝詳細彙報了自己西域之行的見聞，並提到自己在大夏國時，曾經聽說蜀地以西兩千里有個國家叫身（ㄐㄩㄢ）毒國（今印度）。身毒國很希望與漢朝建立聯繫，但因為匈奴阻隔，一直無法如願，不過身毒國與蜀地卻經常進行貿易往來。漢武帝聽後非常高興，於是派使臣去尋找身毒國。

漢朝使者到達滇（ㄉㄧㄢ）國，滇國國王熱情招待了他們，並先後派出十幾批人幫他們尋找前往身毒國的道路，這一找就是一年多，尋路的人全都因為昆明國的阻攔，沒能找到身毒國。在此期間，滇國國王曾經向漢朝使者問了一個問題：「漢朝和我們滇國相比，誰更大？」

後來，漢朝使者還到達了夜郎國，夜郎國王也向他們提出了同樣的問題。之所以滇國和夜郎國都提出這樣的問題，是因為他們與漢朝道路不通，不知道自己的國家只有漢朝的一個州那麼大。不過，漢朝使者在回到京城之後，還是竭力稱讚了滇國的友好。

強秦盛漢篇

放學路上——
喏，上次乒乓球賽的戰績！
當當當當——
哇，給我看看！
哇——
別咬哇，你的口水都沾到了！
我試試是不是真金的！
嘿嘿——
不愧是我們班的體育健將啊！
哈，這算什麼？早晚我要稱霸乒壇！
好大的口氣，別是夜郎自大呀！
我就是要做一匹自大的野狼。
哦耶——
半夜偷吃小山羊？
那我也光明正大地吃！
囉囉囉！
一隻羊，兩隻羊，三隻羊……
這兩個人在一起，真是絕配！
哈哈！

邏輯 記憶

把下面的詞按照「夜郎自大」的近義詞和反義詞歸類。

1. 自命不凡　　2. 旁若無人　　3. 目中無人
4. 不矜不伐　　5. 妄自菲薄　　6. 自以為是
7. 目空一切　　8. 唯我獨尊　　9. 自慚形穢
10. 虛懷若谷　11. 目空四海　12. 不可一世

這裡填近義詞哦！

近義詞

反義詞都有哪些呢？

反義詞

答案
近義詞：1、2、3、6、7、8、11、12。
反義詞：4、5、9、10。

強秦盛漢篇

無可厚非
ㄨˊ ㄎㄜˇ ㄏㄡˋ ㄈㄟ

① 厚：過分。② 非：非議，否定，沒有。

🔖 **釋義** 不可過分地苛求、責備。

🔖 **典出＆語見** 《漢書・王莽傳》：「後頗覺悟，曰：『英亦無可厚非。』」

| 「近義」 | 「無可非議」 | 「反義」 | **求全責備** | 「接龍」 | 非同小可 可乘之機 機不可失 失道寡助 助人為樂 |

🔖 **例句詳解**

> 小迷糊飾王莽
> 小百科飾漢哀帝
> 大壯師漢成帝

別那麼拘束嘛，一起喝酒哇，王莽！

一起喝酒一起快活！

臣王莽叩見聖上！

　　王莽代漢自立，這件事本身<u>無可厚非</u>。

　　王莽為人謙恭有禮，雖然出身外戚（指帝王的母親和妻子方面的親戚），卻生活簡樸，甘於淡泊，他喜歡結交賢德之士，謙虛好學且才能出眾。反倒是漢成帝、漢哀帝個個沉迷酒色，不理朝政，所以王莽代漢自立時並沒有遭到太多人的反對。新朝的滅亡，很大程度上是因為王莽胡亂改制導致民不聊生而造成的。

西漢王朝從漢武帝在位時開始，就有外戚干預朝政的現象。到了西漢末年，外戚的權力變得越來越大。

漢元帝的皇后王政君先後輔佐了四位皇帝，她的親戚也個個身居高位。其中有一個名叫王莽的人，表現得非常恭謹、勤懇，有才能的人前來投奔，不論出身高低，王莽都會任用他們做官。為了收買人心，他還把家裡的錢財和糧食全都分給周圍的人，自己卻過著非常簡樸的生活。

就這樣，王莽贏得了朝野上下的一致稱讚，並逐漸掌握了軍政大權。漢平帝去世後，朝中有大臣向太皇太后王政君上書，請求由王莽來暫代天子之位。不久，王莽又偽造漢高祖劉邦遺命，說自己應該做真正的皇帝，並派人從王政君那裡索來了傳國玉璽。

自此，西漢滅亡，王莽建立了一個新的王朝——新朝。

地處益州的句町（ㄍㄡ ㄉㄧㄥˇ）國本是漢朝的附屬國，聽說王莽代漢自立後就發動了叛亂。

王莽命手下大將馮茂前去平叛，結果戰爭僅持了三年都沒能取勝，馮茂手下的士卒也死傷大半。王莽處死馮茂，另派廉丹和史熊兩人帶領二十萬大軍二次平叛，同時要求沿路州縣提供軍餉糧草。有個名叫馮英的太守認為，如果再增加賦稅，老百姓就活不下去了，因此請求休兵罷戰。王莽大怒，撤掉了馮英的官職。但沒過多久，王莽又有些後悔，說道：「英亦無可厚非！」意思是馮英的建議也不是毫無道理，不應該過分責備他。就這樣，馮英保住了性命，並被派到其他地方去做了太守。

後來，全國各地紛紛爆發農民起義，新朝僅僅存在了十五年就滅亡了。

奇妙劇場

放假嘍，我們聚餐慶祝一下吧！

強烈建議吃川菜，水煮魚、麻婆豆腐，還有夫妻肺片！

餐廳

嘿嘿

什麼，你居然喜歡吃肺臟？

重點是川菜，太辣了！

呃，你倆，是古代人嗎？夫妻肺片，那是經典川菜呀！

我們全家都怕辣，我都沒吃過川菜！

放心，不是用肺做的，是用牛肉做的啦！

見笑了，見笑了，我也不怎麼吃川菜！

上菜——

誒？這「肺」怎麼都薄薄的，無可——「厚肺」？

媽呀，哪有你這樣用成語的？我要吐了！

小迷糊這樣說也是無可厚非，畢竟，這家給的肉也太少啦！

辣死了，我噴火了，快給我拿水！

88 萌漫大話成語王 1

邏輯 記憶

讓我們再來看看跟王莽有關的成語。

大功告成
指巨大工程或重要任務宣告完成。

目不移晷
比喻只一剎那，非常迅速。

掛冠求去
把官帽取下掛起來，指的是辭官回家。

正言厲色
板著臉，神情非常嚴厲的樣子。

迫不得已
被逼得沒有辦法，不得不這樣。

窮兇極惡
形容極端殘暴兇惡。

鴟目虎吻
長著像鷂鷹一樣的眼睛，像老虎一樣的嘴——這是用來形容王莽的長相的。後用來指兇惡奸狠的相貌。

惶恐不安
內心害怕，十分不安。

這麼多成語都跟我有關！

強秦盛漢篇

綠林好漢
ㄌㄩˋ ㄌㄧㄣˊ ㄏㄠˇ ㄏㄢˋ

① 綠林：以綠林山為根據地的農民起義軍綠林軍。

釋義 指聚集山林反抗封建統治階級的人們。也指聚眾行劫的群盜股匪。

典出&語見 清・文康《兒女英雄傳》第二一回：「(施世倫)收了無數的綠林好漢，查拿海寇。」

「接龍」	坐享其成 正襟危坐 堂堂正正 儀表堂堂 漢官威儀
「朝廷鷹犬」	
「反義」	
綠林豪客	
「近義」	

例句詳解

小迷糊飾單雄信
大壯飾翟讓
小百科飾王伯當

閃亮登場——

隋朝末年的瓦崗軍，也被後世稱為綠林好漢。

隋煬帝在位時，由於連年征戰、大興土木，導致民不聊生。東郡人翟讓與王伯當、單雄信、徐世績等人在瓦崗寨聚眾起義，號稱「瓦崗軍」。隋煬帝曾派大將張須陀前往鎮壓，卻中了瓦崗軍的埋伏，張須陀戰敗被殺，瓦崗軍也成為隋朝末年戰鬥力最強的農民起義軍。

綠林好漢

王莽建立新朝後，頒佈了一系列新的政策：一是改革幣制，二是將土地、鹽、鐵、酒、山林川澤收歸國有，三是廢除奴隸制度，四是在刑罰、禮儀等方面恢復為西周時期的「周禮」。但是，這些改革不僅沒有收到成效，反而讓統治階級和老百姓之間的矛盾更加激化。17年，發生了大規模的蝗災、旱災，老百姓走投無路，紛紛起義。其中，王匡在湖北領導幾百名飢民發動了起義，號稱「新市兵」；王常也在江陵率眾起義，號稱「下江兵」。不久，兩支隊伍合併，佔據綠林山，稱為「綠林軍」，並不斷攻打附近州縣，起義的隊伍很快就發展到了七八千人。自此之後，歷朝歷代那些與官府作對的起義軍，還有一些強盜、土匪為了美化自己，都自稱「綠林好漢」。

王莽想要鎮壓義軍，結果派去的兩萬精兵戰敗了，綠林軍的氣勢更盛，不久就發展到了五萬人。與此同時，另一個起義領袖樊崇在山東青州一帶起兵，因為他和手下都將眉毛塗成了紅色，所以被稱為「赤眉軍」。王莽又派出十萬大軍鎮壓樊崇，結果他的軍隊再次戰敗，赤眉軍也從原來的一萬多人發展到了十萬多人。

綠林、赤眉起義軍打敗官軍的消息很快就傳遍了全國，各地的老百姓都紛紛起義。一些西漢時期的貴族、舊臣和地主豪強認為這是推翻王莽、恢復漢朝的機會，於是加入了起義的隊伍，劉秀就是其中之一。後來，劉秀和他手下的謀臣武將經過多年征戰，終於平定天下，建立了東漢王朝，劉秀就是東漢的開國皇帝——光武帝。

嗅嗅——
讓我嘗兩片！
哎哎哎，
你還給我！
說兩片，就兩片！
嘿嘿——
匪大壯，
快還我！
啊——
那我也是匪中的
「祿」林好漢！
嘿嘿——
匪兄，那叫
「綠」林！
……
大壯的成語已經
有進步了！
啪！
我發現，小百科
特別善解人意，
特別溫柔！
離我遠點兒！
人家梁山好漢
個個都是不吃洋
芋片的英雄！
哼！
快還給小迷糊
吧，小迷糊已
經氣迷糊了！
啊——
綠林好漢跟梁山好
漢是同一群人嗎？

邏輯 記憶

下面的成語，哪個不是「綠林好漢」的近義詞？

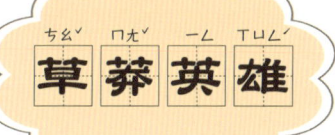

綠林豪傑

殺富濟貧

打家劫舍

草莽英雄

答案：殺富濟貧

還有哪些成語，是在古時候的農民起義裡誕生的？

篝火狐鳴：秦朝末年，陳勝、吳廣密謀發動起義，他們夜裡在竹籠子裡點火，遠遠看去跟磷火差不多，同時又學狐狸叫，用這種假裝神鬼的辦法起到動員群眾的效果。後來用這個詞指謀劃起義。

斬木揭竿：砍削樹木當兵器，舉起竹竿作軍旗。指發動武裝起義。

嘯聚山林：互相招呼著聚合起來，指為了反抗反動統治而聚眾起事。

草莽英雄：在山林出沒的農民起義軍或強盜中的著名人物。

替天行道：因為皇帝荒淫無道，所以代替上天主持公道。封建社會農民起義多以此作為口號。

強秦盛漢篇

不入虎穴，焉得虎子

ㄅㄨˋ ㄖㄨˋ ㄏㄨˇ ㄒㄩㄝˋ，ㄧㄢ ㄉㄜˊ ㄏㄨˇ ㄗˇ

❶穴：巢穴。 ❷焉：怎麼。

釋義 不進老虎洞怎能抓到小老虎？比喻不親臨險境，便不能成功。

典出＆語見 《後漢書・班超傳》：「不入虎穴，不得虎子。」

「近義」以身犯險

「反義」貪生怕死

「接龍」子虛烏有 有何面目 目不暇接 接風洗塵 塵埃落定

例句詳解

> 稟陛下，還有一萬多人被我勸降，歸順了朝廷！

> 辛愛卿，所以你帶人從金國人手中逃了回來，還帶回了這個叛徒？

小百科餅辛棄疾 小迷糊飾張安國 大壯飾宋高宗

辛棄疾在五萬金軍大營中生擒叛徒，這正是「**不入虎穴，焉得虎子**」！

南宋時期，耿京、辛棄疾在山東起義，反抗金國的統治。叛徒張安國殺死耿京，向金人投降。辛棄疾得知後義憤填膺，率領五十名死士闖進了駐紮著五萬金兵的軍營，不但活捉張安國，還說服了一萬多人跟隨自己一起投靠了南宋朝廷。這一壯舉轟動朝野，就連一直主張與金人講和的宋高宗也對辛棄疾讚嘆不已。

歷史典故

> 穩住！不冒險怎麼能成事？

東漢建立之後，西北邊境仍然受到匈奴的騷擾和侵襲。為此，漢明帝派班超率使團出使西域，想聯合鄯（ㄕㄢˋ）善國共同對抗匈奴。

班超帶著三十多人歷經**千難萬險**，終於到達了鄯善國。鄯善王聽說漢朝派使團前來，親自出城迎接，並將班超等人奉為上賓。可是，幾天之後，鄯善王對使團的態度卻變得非常冷淡，不僅不再召見班超，而且還派人監視使團成員的**一舉一動**。班超覺得肯定是出了什麼狀況，於是多方打探，這才知道匈奴也派使團來到了鄯善國。匈奴人對鄯善王**威逼利誘**，鄯善王迫於無奈，答應與匈奴一起對抗漢朝。

得知此事之後，班超將使團成員召集到一起，說：「只有消滅匈奴使團，我們才能安全，才能讓鄯善王與我大漢合作！」當時匈奴使團共有二百多人，而漢朝使團只有三十多人，有人認為**敵眾我寡**，想要消滅匈奴使團根本不可能。但班超非常堅定地說：「**不入虎穴，焉得虎子**！我們可以在夜裡火燒匈奴人的營帳，他們慌亂之下，也不會知道我們有多少人，這樣就一定能夠取勝！」

於是，班超帶著三十多人趁著夜色潛入了匈奴使團的駐地。他們兵分兩路，一些人躲在營地後面敲鼓，另外一些人拿著武器埋伏在營地兩旁。然後，班超又親自帶人衝進匈奴的營地放火。匈奴人嚇得亂成一團，四處逃散，有的被大火燒死，有的被亂箭射死。最終，匈奴使團被全部殲滅。鄯善王終於下定決心與漢朝共同對抗匈奴。

強秦盛漢篇

哇，熊貓好可愛！
動物園
你們快看，那是什麼？
東北虎嘛，有什麼好驚訝的！
自信
得意
我說的是老虎洞裡的那兩隻小東北虎！
嘿嘿——
哇哦，這小老虎太可愛了！
都說老虎屁股摸不得！
哇——
我看這小虎崽兒的屁股毛茸茸的，還真想摸一摸。
不入虎穴，焉得虎子？
嘿嘿——
你們……週日能不能不說成語？
大壯，還有什麼成語跟虎有關？
哈哈！
虎……母虎歸山沒？
停！

邏輯 記憶

除「不入虎穴，焉得虎子」，看看還有哪些用故事來講述一個道理的成語。

> 護城河裡的水都快被你們打光啦！

> 快點兒救火呀！

比喻因受連累而遭到損失或禍害。

城門失火，殃及池魚

古時候的城牆外邊有護城河。相傳在春秋時期，一天夜裡，宋國都城的城門著火了，其他地方的水源都太遠，所以，人們就用護城河的水來救火。護城河裡的水被用光了，河裡的魚也因為缺水都乾死了。

> 你不張開殼，早晚被曬死！

> 我夾住你的嘴，餓死你！

> 嘿嘿……

比喻雙方爭執不下，兩敗俱傷，讓第三方佔了便宜。

鷸蚌相爭，漁翁得利

一隻大河蚌張開橢圓形的殼在河灘上曬太陽。一隻大鷸鳥看見了，伸出大嘴巴，叼住了殼裡的蚌肉。河蚌閉緊殼，把鷸的長嘴巴夾住了。

鷸鳥和河蚌互不相讓，就這樣死死地糾纏在一起。這時，一個老漁夫路過，沒費力氣，就把牠們兩個一起抓住了。

強秦盛漢篇

望門投止

ㄨㄤˋ ㄇㄣˊ ㄊㄡˊ ㄓˇ

① 投止：投宿。

🏮 **釋義** 看見有人家就去投奔棲身，形容情況緊急，無暇選擇存身之處。

🏮 **典出＆語見** 《後漢書‧張儉傳》：「儉得亡命，困迫遁走，望門投止，莫不重其名行，破家相容。」

| 「近義」 | 慌不擇路 | 「反義」 | 從容不迫 | 「接龍」 | 止於至善 善始善終 終身大事 事出有因 因小失大 |

🏮 **例句詳解**

大壯飾官差
小百科飾譚嗣同

快點兒走，別磨磨蹭蹭的！

我自橫刀向天笑，去留肝膽兩昆侖！

> **望門投止**思張儉，忍死須臾待杜根。
> 我自橫刀向天笑，去留肝膽兩昆侖。

這是譚嗣同在「戊戌（ㄨˋ ㄒㄩ）變法」失敗、被捕入獄之後所寫的絕筆詩《獄中題壁》。1898年6月11日，以康有為、梁啟超、譚嗣同等為代表的維新派人士，在光緒皇帝的支持下開展了一場資產階級改良運動，但變法損害了守舊派利益，僅持續了103天就失敗了。譚嗣同與另外五人被處死，後人稱他們為「戊戌六君子」。

歷史 典故

東漢桓帝在位時，靠著宦官的幫助剷除了外戚梁冀，卻造成了宦官專權的局面。朝廷的一些貴族、官員、名士和太學生對此不滿，與宦官展開了針鋒相對的鬥爭。宦官們對這些人心生嫉恨，便誣告他們結黨營私、誹謗朝廷。166年，漢桓帝下令逮捕了李膺等二百多人，後來雖然下令釋放，但這些人卻遭到罷黜，終身不許做官。漢靈帝繼位後，大將軍竇武與太尉陳蕃謀劃除掉宦官，結果事敗被殺。第二年，李膺、杜密等一百多位當時的名士也相繼被殺，同時遭到牽連的還有六七百人。不久，又有「黨人」和太學生共一千餘人遭到逮捕，這些人的親屬、門生和部下也全都被免官，且終身禁錮，不得做官。史稱「黨錮之禍」。

當時有位名士叫張儉，他也在「黨錮之禍」中受到通緝。由於官府捉拿緊急，張儉根本來不及選擇藏身之處，就隨便跑到一戶人家去敲門，請求主人收留自己。很多人敬重張儉的名氣和品行，冒著被官府逮捕、處死的風險收留了他。如東漢末年著名的文學家孔融，當時只有十六歲，見張儉前來投奔自己的哥哥孔褒，便做主收留了張儉。後來張儉逃走，孔褒和孔融被關進了監獄。孔母和孔褒、孔融母子三人爭著承擔窩藏的罪名，最後漢靈帝下旨，由孔褒承擔責任而受死。

當時，因為窩藏和收留張儉而被處死的有十幾個人，受牽連遭受逮捕和審問的更是不計其數。對於這件事，與張儉齊名的夏馥（ㄈㄨˋ）感歎道：「一個人自己惹來禍事，只顧著逃命，卻讓很多無辜的人白白遭受災難，他自己活著還有什麼意義呢？」於是，夏馥剪掉鬍鬚、改變形貌，到深山之中去燒炭，目的就是不想讓自己給別人帶來災禍。

強秦盛漢篇

昨晚放學走在半路上突然下雨，你們都淋雨了嗎？
我書包裡一直帶著備用雨衣！
我家近，早到了！
我媽拉著我，以百米衝刺的速度衝進了路旁的一家店。
哈哈，大壯的媽媽是女子冠軍！
哈哈！
那家店叫「大牛修腳」，哎呀，一股味！
我有一種不好的預感……
我見他們都光著腳……
嘔——
標準的「望門投止」！
咦？
我把鞋子也脫了！
店裡的人都冒著雨走了吧！
我就被迫洗了個腳！
嘔——
唉，小迷糊怎麼這麼沉默？
你們還知道有我呀？我問完話，都沒一個人問問我昨天怎麼過的！
哼！
你怎麼了？
我掉水坑裡了！
暈——

邏輯 記憶

還有一些成語與孔融有關。

好著急呀！

不可多得 ㄅㄨˋ ㄎㄜˇ ㄉㄨㄛ ㄉㄜˊ

形容非常稀少，很難得到。

孔融曾向曹操推薦禰衡，「不可多得」是孔融對禰衡的讚語：「帝室皇居，必蓄非常之寶。若衡等輩，不可多得。」

想當然 ㄒㄧㄤˇ ㄉㄤ ㄖㄢˊ

指胡思亂想下結論，以為事情和結論一定是如此，其實不是。

東漢末年，曹操攻下袁紹的老巢鄴城，袁紹兒子袁熙的妻子甄氏也成了俘虜。甄氏長得特別好看，就被曹操的兒子曹丕強佔為夫人。孔融給曹操寫信：「武王伐紂，以妲己賜周公！」曹操很有學問，卻怎麼也沒想出來這個典故的由來，就問孔融，孔融則說：「哦，是我根據現在推想的，應該是這樣！」曹操一下就明白了孔融這是在諷喻自己呢，心裡肯定不高興，後來曹操找藉口將孔融殺害，跟這個「想當然」也有點兒關係。

「望」字開頭的成語有哪些？

望塵莫及
望而卻步
望洋興嘆
望梅止渴

望

望子成龍
望穿秋水
望文生義
望其項背

強秦盛漢篇

挾天子以令諸侯

ㄒㄧㄚˊ ㄊㄧㄢ ㄗˇ ㄧˇ ㄌㄧㄥˋ ㄓㄨ ㄏㄡˊ

① 挾：挾持、裹挾。

🦇 **釋義** 挾制著皇帝，假借皇帝的名義向四方發號施令。後比喻借重權威者的名義，發號施令。

🦇 **典出＆語見** 《三國志・蜀書・諸葛亮傳》：「今操已擁百萬之眾，挾天子以令諸侯，此誠不可與爭鋒。」

| 「近義」 | 「令天子以挾天下」 | 「反義」 | 委國聽令 | 「接龍」 | 侯門似海 海闊天空 空穴來風 風吹草動 動之以情 |

🦇 **例句詳解**

> 小迷糊飾周襄王
> 小百科飾晉文公
> 大壯飾太叔帶

晉文公扶立周襄王，開了「**挾天子以令諸侯**」的先例。

春秋時期，周襄王的弟弟太叔帶發動叛亂，將周襄王趕出了京城。此時晉文公繼位，大臣趙衰建議：「晉國要想稱霸天下，就要擁護周天子，然後打著天子的旗號向諸侯發號施令！」於是晉文公出兵護送周襄王回到都城，並殺死太叔帶。晉國也從此開啟了長達一百多年的稱霸之路。

奉天子之命……

曹操自幼博覽群書，擅長詩文，而且練就了一身過人的武藝。當時的名士橋玄對曹操大為讚賞，認為他是濟世之才，而另一位名士許劭則評價曹操是「治世之能臣，亂世之奸雄」。由此，曹操逐漸知名於世。

184年，東漢歷史上著名的「黃巾起義」爆發，東漢政權瞬間土崩瓦解，權臣董卓趁機控制了朝政，皇帝的權威一落千丈。由於董卓倒行逆施，不得人心，天下英雄全都聯合起來討伐他，曹操就是其中之一。

為了躲避各路圍攻，董卓挾持漢獻帝遷都到長安。不久，董卓被王允、呂布所殺，但還沒等漢獻帝重新執掌朝政，董卓的部將李傕（ㄐㄩㄝˊ）、郭汜（ㄙˋ）就再次作亂，漢獻帝只能在楊奉、董承等人的保護下逃出長安，回到故都洛陽。可是，洛陽已經在董卓遷都時被放火燒成了廢墟，漢獻帝和文武百官的生活十分淒慘。

就在此時，已經佔據兗（ㄧㄢˇ）州的曹操主動將漢獻帝和文武百官迎到許昌。漢獻帝深受感動，封曹操為丞相、太尉、大將軍。

從此之後，曹操每次出兵都會打出「奉天子之命討伐逆賊」的旗號。當時大部分老百姓都認為自己是漢朝的子民，所以曹操在社會輿論方面佔了很大優勢，他的實力也因此變得越來越強。

當時佔據河北大部分地區的袁紹認為曹操是「挾天子而令諸侯」，但曹操則認為自己是「奉天子以令不臣」。後來，曹操與袁紹之間的矛盾激化，雙方在官渡展開了一場大戰，最終曹操以少勝多，打敗了袁紹，這也為曹操統一北方奠定了基礎。

丁零
咱倆遲到了！
快點兒，闖進去！
呼哧呼哧
給我點兒面子呀，朋友一場！
別這麼不講情面哪，朋友！
站住！你們遲到了，不許進教室！
停！
翹翹，假裝一下我們的人質！
一碼歸一碼！
哎喲
大壯，要脅別人可不好！何況是翹翹！
哼，你別想著挾天子以令諸侯！
老師還給我幾分薄面呢！
停！
老師來了！
騙誰呢？
哼！
呵呵
沒騙你，老師來了，這面子你要幾分熟的？

邏輯 記憶

與曹操有關的成語有哪些？

堅持住，前面就有吃不完的梅子了！

望梅止渴

有一次行軍途中，曹軍找不到水源，士兵們非常口渴，於是曹操傳令道：「翻過前面那座山，有一片梅林，有吃不完的梅子！」士兵們一聽，想到梅子酸甜的味道，口中都不由得流出了口水，於是個個奮力前進，終於到達了有水的地方。

味如雞肋

217年，夏侯淵被劉備殺死，漢中失守。曹操率大軍前去漢中，雙方對峙幾個月，曹軍處境越來越不妙。

一天晚上，曹操看見晚飯裡有一碗雞肋骨做的湯，這時下屬來請示當夜口令，曹操隨口說了「雞肋」二字。楊修聽到口令後，馬上收拾行裝。大家問他怎麼回事，楊修說：「雞肋這東西丟棄它可惜，但吃起來又沒有什麼肉，就像漢中這裡的情況一樣，攻又攻不下來，退又怕被恥笑，就很尷尬，所以我知道魏王打算退軍了！」第二天，曹操果然下令回師。

你能在曹操的作品中圈出成語嗎？

對酒當歌，人生幾何！

老驥伏櫪，志在千里。(《龜雖壽》)
對酒當歌，人生幾何！譬如朝露，去日苦多。(《短歌行》)
君澡身浴德，流聲本州，忠能成績，為世美談，名實相符，過人甚遠。(《與王修書》)

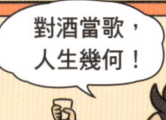

答案：老驥伏櫪 志在千里 對酒當歌 人生幾何 名實相符

強秦盛漢篇

三國鼎立篇

220～280年

　　從220年到280年的短短六十年間，是中國歷史上的三國時期，魏、蜀、吳三國各自存在的時間雖然只有短短幾十年，卻都在歷史上書寫了濃墨重彩的一筆。在官方正史《三國志》和「四大名著」之一的小說《三國演義》兩部著作中，各種各樣的成語故事俯拾即是、數不勝數。曹操、諸葛亮、司馬昭……這些人物和他們的故事不但通過一個個成語流傳至今，而且也成為三國亂世的最佳注腳。

萬事俱備，只欠東風

ㄨㄢˋ ㄕˋ ㄐㄩˋ ㄅㄟˋ，ㄓˇ ㄑㄧㄢˋ ㄉㄨㄥ ㄈㄥ

❶俱：都。 ❷欠：缺少。

釋義 比喻一切都準備好了，只差最後一個重要的條件。

典出＆語見 《三國演義》第四十九回：「孔明索紙筆，摒退左右，密書十六字曰：『欲破曹公，宜用火攻；萬事俱備，只欠東風。』」

「近義」	「反義」	「接龍」
一切就緒	無關緊要	風雨同舟 舟車勞頓 頓足捶胸 胸有成竹 竹報平安

例句詳解

哈哈哈，再見了諸葛亮，咱們後會有期！

天助我也！

一場大雨放走了司馬懿，氣死我了！

小百科飾諸葛亮
大壯飾司馬懿
小迷糊飾司馬昭

上方谷之戰，諸葛亮本以為萬事俱備，只欠東風，沒想到最後「蒼天助曹不助漢」。

諸葛亮最後一次北伐時，在上方谷設下埋伏，想要用一場大火燒死司馬懿父子及他們率領的魏軍，沒想到這次人算不如天算，上天沒有給諸葛亮送來助長火勢的東風，反而送來一場瓢潑大雨，使司馬懿得以逃脫。

歷史典故

曹操在官渡之戰中戰勝勁敵袁紹之後，又經過多年征戰，基本上統一了北方地區。此時，曹操的對手只剩下劉備、孫權、劉表、劉璋、張魯等江南、西南地區的割據勢力。

208年，曹操率領二十多萬大軍南征。此時劉表已經去世，其子劉琮（ㄘㄨㄥˊ）向曹操投降，曹操**不費吹灰之力**就佔領了荊州。此前一直依附劉表的劉備只得帶著諸葛亮、關羽、張飛等部下逃往江夏，並與孫權結成聯盟，孫劉聯軍在主帥周瑜的指揮下，依託長江天塹與曹操對峙。

曹軍大多來自北方，不習水戰，而曹操又中了周瑜的「反間計」，處死了擅長水戰的將領蔡瑁（ㄇㄠˋ）和張允。為了儘快熟悉水戰，曹操誤信了龐統的話，下令將戰船用鐵索連在一起，這也讓周瑜和諸葛亮同時想到了火攻破敵的計策。隨後，周瑜與部將黃蓋上演了一出「苦肉計」，他故意找碴打了黃蓋一頓，使黃蓋有了向曹操「投降」的藉口，但投降是假，借機燒毀曹操的戰船才是真。當時是冬天，天天颳西北風，曹操的戰船位於長江北岸，要想放火燒船，除非突然颳東南風！

周瑜連忙找來諸葛亮一起商量對策，諸葛亮說：「如今**萬事俱備，只欠東風**。不過我有辦法，保證能夠在黃蓋將軍向曹操『投降』的那個晚上颳起東南風。」原來諸葛亮通過觀察氣象，已經知道不久之後就會颳東南風。於是，在東南風颳起來的那個晚上，黃蓋率領士兵駕著幾十條裝滿柴草和油脂的快船駛向曹操的水軍大營。船即將靠近時，黃蓋命人點燃了船上的柴草，火借風勢，那些被鐵索連在一起的大船瞬間被點燃，曹軍死傷無數，曹操狼狽逃回北方。這就是歷史上著名的「赤壁之戰」。這一戰也基本確定了曹操、孫權、劉備三分天下的格局。

我就喜歡野炊，喜歡得我渾身顫抖！
先別顫抖，快來幫忙！
來嘍！
小迷糊，幫我把罐頭打開！
放著，我來！
我發現，出了教室，小迷糊就精神百倍呢！
野人，去看看烤玉米進行到哪一步了？
我適合做野人！
壯大廚，奉旨來問，玉米現在可好？
萬事俱備，只欠東風！
欠點兒東風啊，看我的！
呼呼——
你幹什麼？弄得火星子到處亂飛！
危險動作，請勿模仿
哎呀，對不起！對不起！
別亂吹呀，多危險哪！
啊！
野人也太野了！

邏輯 記憶

> 火燒赤壁是周瑜想出的妙計，在周瑜身上，還有一些其他的成語故事。

顧曲周郎

周瑜精通音律，即使在喝了酒以後，演奏者只要有一點差錯，他也會聽出來，並立即看向那個出錯的人。後來用這個成語指通曉音樂和戲曲的人。

一時瑜亮

在古典名著《三國演義》裡，周瑜被描寫成與諸葛亮明爭暗鬥的人物，最終被諸葛亮氣死。周瑜臨死前仰天長歎：「既生瑜，何生亮！」也就有了「一時瑜亮」這個成語，用來形容兩個極富才華之人不相上下，難分伯仲。

飲醇自醉

周瑜待人接物謙虛和氣，與朝中的官員相處很好。唯獨程普對他不滿，經常給周瑜臉色看，周瑜卻處處克制與謙讓。程普最終被感動了，說和周瑜交往，就像喝味道濃厚的美酒，不知不覺就醉了。後來用這個成語形容和寬厚的人交往，不知不覺就心醉了。

三國鼎立篇

鞠躬盡瘁

ㄐㄩ ㄍㄨㄥ ㄐㄧㄣˋ ㄘㄨㄟˋ

① 鞠躬：表示恭敬、謹慎。② 盡瘁：竭盡勞苦。

🎗 **釋義** 表示小心謹慎，不辭勞苦，竭盡全力。

🎗 **典出＆語見** 《三國志‧蜀書‧諸葛亮傳》裴松之注引《漢晉春秋》：「鞠躬盡力，死而後已。」

「同音接龍」	「三心二意」	「反義」	「近義」
月黑風高 海底撈月 石沉大海 滴水穿石 翠色欲滴		殫精竭慮	

🎗 **例句詳解**

> 哈哈哈，拜拜了您哪！

> 糟了，宋軍的俘虜跑了！

小迷糊師文天祥
大壯師伯顏

為了南宋，文天祥**鞠躬盡瘁**，用生命和鮮血書寫了一段壯麗史詩。

文天祥是南宋末年抗元名臣，曾奉命與元軍議和，卻被元軍主帥伯顏扣留。在被押往元大都的路上，文天祥乘機逃脫，返回南方後與張世傑、陸秀夫擁立趙昺（ㄅㄧㄥˋ）為帝。後在與元軍的戰鬥中被俘，但他寧死不屈，被囚禁三年後從容就義。

鞠躬盡瘁

諸葛亮字孔明，早年隱居於南陽臥龍崗，自稱「臥龍先生」。劉備仰慕他的才華，三顧茅廬，諸葛亮深受感動，不但提出「隆中對」幫助劉備確立了成就大業的基本戰略，而且答應出山輔佐劉備，被劉備稱為「孤之有孔明，如魚得水」。

正是在諸葛亮的幫助下，劉備才能夠與曹操、孫權三分天下。221年，劉備在成都稱帝，國號漢，歷史上稱為蜀漢。這年七月，劉備親率大軍攻打東吳，雙方在夷陵展開一場大戰，最終劉備被吳國年輕的將領陸遜打敗，敗退至白帝城，並最終死在了那裡。

臨死之前，劉備將太子劉禪以及一切國家大事全都託付給了諸葛亮。諸葛亮為了報答劉備的知遇之恩，在劉禪繼位之後，更是夜以繼日地操勞，為蜀漢政權奉獻了一生。225年，諸葛亮在穩定了蜀漢內部的政治局勢之後，親自帶兵前往南中平叛，從228年開始，諸葛亮多次出兵北伐中原，與魏國展開了激烈交鋒。由於蜀漢與曹魏實力相差太過懸殊，再加上各種複雜原因，諸葛亮的多次北伐都沒能取得成功。234年，在最後一次北伐時，諸葛亮由於操勞過度，最終病死於五丈原。臨死之前，他還制訂了詳細的撤退計畫，在確保蜀漢軍隊能夠安全返回蜀國之後，這位賢相帶著無盡的遺憾離開了人世。

諸葛亮不僅是一位政治家、軍事家，還是一位文學家。他第一次寫給後主劉禪的《出師表》被譽為「千古奇文」；而在第二次所寫的《出師表》中，諸葛亮則表明了自己「鞠躬盡瘁，死而後已」的忠心和決心。諸葛亮也因此得到了無數後人的景仰。

今天測試跳單繩，各位同學做好準備！
給個活路吧，怎麼又要測試？
你不該動動嗎？
看看大壯，樂壞啦，快跳到樓頂上去了！
因為他有一身「運動細菌」啊！
那也是勤奮苦練的結果！
還記得「體育小王子事件」吧？
被隔壁班亮子奪走百米跨欄冠軍那事？
對呀，你看大壯後來多努力。
作為陪練，我也是鞠躬盡瘁了！
夏練三伏，冬練三九！
怪不得小百科現在體育也那麼厲害！
必勝！
等等，鞠躬盡瘁的諸葛亮，你說我是阿斗？
這次你倒是記住成語背後的故事了！
不過我還沒打算死而後已！
小百科，我是扶得起的阿斗，是不是？
哈哈！

邏輯 記憶

除了「鞠躬盡瘁，死而後已」，諸葛亮寫的兩篇《出師表》中，還誕生了哪些我們現在常用的成語呢？

🟠 **臨危受命**
「受任於敗軍之際，奉命於危難之間。」

🟤 **妄自菲薄**
「不宜妄自菲薄，引喻失義，以塞忠諫之路也。」

🟠 **苟全性命**
「苟全性命於亂世，不求聞達於諸侯。」

🟢 **坐以待斃**
「然不伐賊，王業亦亡，惟坐而待亡，孰與伐之？」

⚪ **三顧茅廬**
「先帝不以臣卑鄙，猥自枉屈，三顧臣於草廬之中。」

⚫ **不知所云**
「臨表涕零，不知所言。」

🟡 **作奸犯科**
「若有作奸犯科及為忠善者，宜付有司論其刑賞。」

🟢 **危急存亡**
「今天下三分，益州疲弊，此誠危急存亡之秋也。」

🟢 **事無大小**
「愚以為宮中之事，事無大小，悉以諮之。」

🟠 **親賢遠佞**
「親賢臣，遠小人，此先漢所以興隆也；親小人，遠賢臣，此後漢所以傾頹也。」

三國鼎立篇 115

司馬昭之心，路人皆知

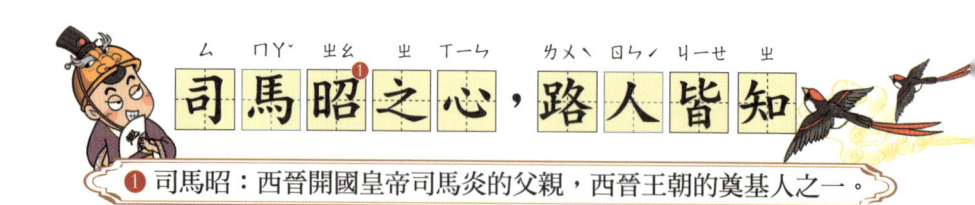

（ㄙ ㄇㄚˇ ㄓㄠ ㄓ ㄒㄧㄣ，ㄌㄨˋ ㄖㄣˊ ㄐㄧㄝ ㄓ）

① 司馬昭：西晉開國皇帝司馬炎的父親，西晉王朝的奠基人之一。

釋義 指陰謀和野心非常明顯，大家都看得出來。

典出＆語見 《三國志・魏書・高貴鄉公傳》裴松之注引《漢晉春秋》載，大將軍司馬昭蓄意篡位，魏王曹髦（ㄇㄠˊ）很生氣，對他的臣子們說：「司馬昭之心，路人所知也。」

「接龍」兒女情長　黃口小兒　信口雌黃　言而有信　知無不言

「不知心知人知面」

「反義」

「近義」人盡皆知

例句詳解

> 鰲拜！今天你就是插翅也難逃了！

> 別摔我別摔我！皇上您這是幹什麼？

小迷糊飾貴族少年
大壯飾鰲拜
小百科飾康熙

鰲拜雖有「司馬昭之心」，卻鬥不過少年康熙這樣的明主。

清朝康熙初年，鰲拜獨攬大權，結黨營私，對皇權產生了巨大的威脅。年僅十六歲的康熙皇帝為除掉鰲拜，挑選了一批年輕的貴族子弟，整天在皇宮練習摔角，鰲拜以為康熙貪玩，並未在意。一天，鰲拜奉命入宮，康熙一聲令下，這些貴族子弟猛地撲向鰲拜，將他捉拿治罪。

歷史典故

220年，曹丕代漢自立，建立三國第一個政權——曹魏。由於佔據中原地區，曹魏的實力遠超吳、蜀兩國。但是，魏明帝曹叡（ㄖㄨㄟˋ）去世後，魏國就開始陷入內亂並逐漸走向衰落。

曹叡臨死之前，將年僅七歲的小皇帝曹芳託付給了宗室曹爽和大臣司馬懿，曹爽為了**獨攬大權**，不斷排擠司馬懿。為了麻痺曹爽，司馬懿故意裝病，暗中卻謀劃著重新奪權。249年，曹爽陪同曹芳去給曹叡掃墓時，司馬懿趁機起兵發動政變，並在不久後殺死了曹爽及其族人，史稱「高平陵事變」。

此後，魏國的大權徹底落入了司馬懿和他的兩個兒子手中。司馬懿去世後，長子司馬師專權，廢了皇帝曹芳，改立曹髦為皇帝。曹髦雖然年幼，卻不甘心被司馬師玩弄於**股掌之間**。司馬師去世時，曹髦曾想奪回兵權，但未能成功，司馬懿的次子司馬昭繼續掌權。260年，**忍無可忍**的曹髦召見大臣王經等人，對他們說：「司馬昭謀奪魏國的野心，連一個普通的過路人都知道。我作為皇帝，怎能**坐以待斃**呢？我要親自討伐他！」隨後，曹髦帶領李昭、焦伯等人，身穿鎧甲、手執武器，前去攻打司馬昭。

司馬昭得知此事後故意躲了起來，由他的心腹賈充出面，讓一個名叫成濟的武士殺死了曹髦，忠於曹髦的王經等人也被殺死。司馬昭不僅沒有承擔任何責任，而且在另立曹奐為帝之後繼續專權。

幾年後，司馬昭去世，他的兒子司馬炎逼迫曹奐禪讓，建立西晉，並結束了三國鼎立的局面，實現了短暫的統一。

三國鼎立篇

唰唰
媽媽，您做什麼呢？
整理房子啊！
我來幫您擦桌子！
嘿嘿
媽，我來幫您洗碗！
你吃多了？
我來我來，您不用動，坐著看電視就行！
可不就是您那個孝順、懂事、可愛的大兒子嘛！
說吧，又犯什麼錯了？
沒呀！
嘿嘿
司馬昭之心，路人皆知！
爸爸，您這話太傷人了！
你皮那麼厚，傷不著，爸有信心！
說吧，趁我現在心情不錯！
好吧，老師請你們週一去趟辦公室，誰去都行啊！
你立刻從我眼前消失！
遵命！

邏輯 記憶

「司馬昭之心」的後半句是——路人皆知,也就是所有人都知道司馬昭的居心。與「路人皆知」相似的成語還有哪些呢?

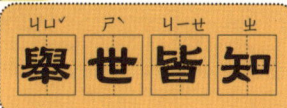

婦孺皆知

盡人皆知

家喻戶曉

舉世皆知

除了「司馬昭之心」,下面這些五字俗語,你都知道嗎?

鯉魚跳龍門　　狗咬呂洞賓

周瑜打黃蓋　　朽木不可雕

疾風知勁草　　桃李滿天下

三國鼎立篇

265～589年

魏晉南北朝

　　西晉短暫統一之後，中國陷入長達二百七十多年的分裂局面，南方地區先後經歷了東晉、宋、齊、梁、陳五個朝代；北方則先後出現了「十六國」，還有北魏、東魏、西魏、北齊、北周等多個政權。在此期間，王朝並立，戰亂不斷，有人為了實現統一而努力，也有人為了鞏固自己的權力而爭鬥。從史書上記載的一個個成語故事中，我們可以了解到這段被史學家公認的最為混亂的歷史。

亂⁰七⁰八⁰糟⁰

ㄌㄨㄢˋ ㄑㄧ ㄅㄚ ㄗㄠ

① 亂七：西漢「七國之亂」。② 八糟：西晉「八王之亂」。

釋義 形容非常混亂，沒有條理和秩序。

典出＆語見 清‧吳趼（ㄐㄧㄢˇ）人《發財秘訣》第四回：「只見床前放著一隻衣箱，就將衣箱面做了桌子，上面亂七八糟地堆了些茶壺、茶碗、洋燈之類，又放著幾本書。」

| 「近義」 | 橫七豎八 | 「反義」 | 井井有條 | 「接龍」 | 糟糠之妻 妻梅子鶴 鶴唳華亭 亭亭玉立 立地成佛 |

例句詳解

反對削藩！
還我頭銜！
還我地盤！
抗議
反對削藩！
反對削藩！

小百科：吳三桂
大壯：耿精忠
小迷糊：尚之信

若非康熙平定「三藩之亂」，當時的中國必將再次陷入亂七八糟的混亂局面。

清朝初年在南方有三個漢族藩王，分別是吳三桂、尚可喜、耿精忠，都曾在清朝一統天下的過程中立下了汗馬功勞。由於他們威脅到了清朝中央政府的統治，康熙皇帝於1673年下令撤藩，吳三桂、耿精忠以及尚可喜的兒子尚之信先後發動叛亂，史稱「三藩之亂」。這場動亂持續了八年，最終被平定，清朝也因此鞏固了自己的統治。

萌漫大話成語王 1

歷史典故

「亂七八糟」這個成語源自中國歷史上的兩次內亂。「亂七」是指漢景帝時的「七國之亂」。漢朝初年，漢高祖劉邦分封了九位劉姓諸侯王，他們為加強漢朝的統治做出了貢獻。但後來，隨著漢朝皇帝分封的劉姓諸侯王越來越多，他們的勢力也越來越大，就對中央政權構成了威脅。漢景帝繼位後，在御史大夫晁錯的建議下下詔削藩，吳王劉濞趁機聯合楚、趙等六位諸侯王，打著「清君側、誅晁錯」的旗號發動了叛亂，史稱「七國之亂」。最終在大將周亞夫的指揮下，這場內亂在三個月之內被平定。

「八糟」是指發生在西晉時期的一場內亂。晉武帝去世後，兒子晉惠帝繼位。晉惠帝是中國歷史上有名的「白癡皇帝」。據史書記載，有一年，全國範圍內出現了嚴重的天災，導致糧食絕收，很多老百姓都被餓死了。晉惠帝聽說之後，臉上現出同情的神色，嘴裡卻說：「既然沒有米熬粥，那為什麼不用肉來熬粥呢？」正因如此，朝廷大權被皇后賈南風所掌握，由此引發了「八王之亂」。

「八王之亂」從291年開始，到306年結束，一共持續了16年，其核心人物有汝南王司馬亮、楚王司馬瑋、趙王司馬倫等八位皇族。雖然東海王司馬越成為最終的勝利者，但西晉很快就滅亡了，中國自此進入長達二百多年的分裂局面。後人也因此將這兩次對社會經濟和人民生活造成嚴重破壞的內亂並稱為「亂七八糟」，現在多用來形容沒有秩序、亂糟糟的樣子。

魏晉南北朝

咱們來一個猜謎比賽吧！
小百科呀，你的人生樂趣究竟是什麼？
無聊，動腦很累！
有兩塊很好吃的巧克力，誰猜中，誰吃！
這個，就比較有誘惑力了。來吧，猜就猜！
沒骨氣！
我先出一個啊！1、2、5，猜一成語。
簡單，丟三落四！
正確！給你一塊巧克力！
那我來個難點兒的，七國之亂和八王之亂，猜一成語。
亂七亂八！
那是成語嗎？
七上八下！
哈哈哈！
回答……正
……錯誤！
你這大喘氣，把我的心搞得亂七八糟！
回答正確，就是亂七八糟！
啊，幸福來得太突然了！
你回答正確，有我一半功勞。
嗚——
哈哈哈！
給我一半！

邏輯 記憶

有許多成語像「亂七八糟」一樣，含有數字，你還知道哪些呢？

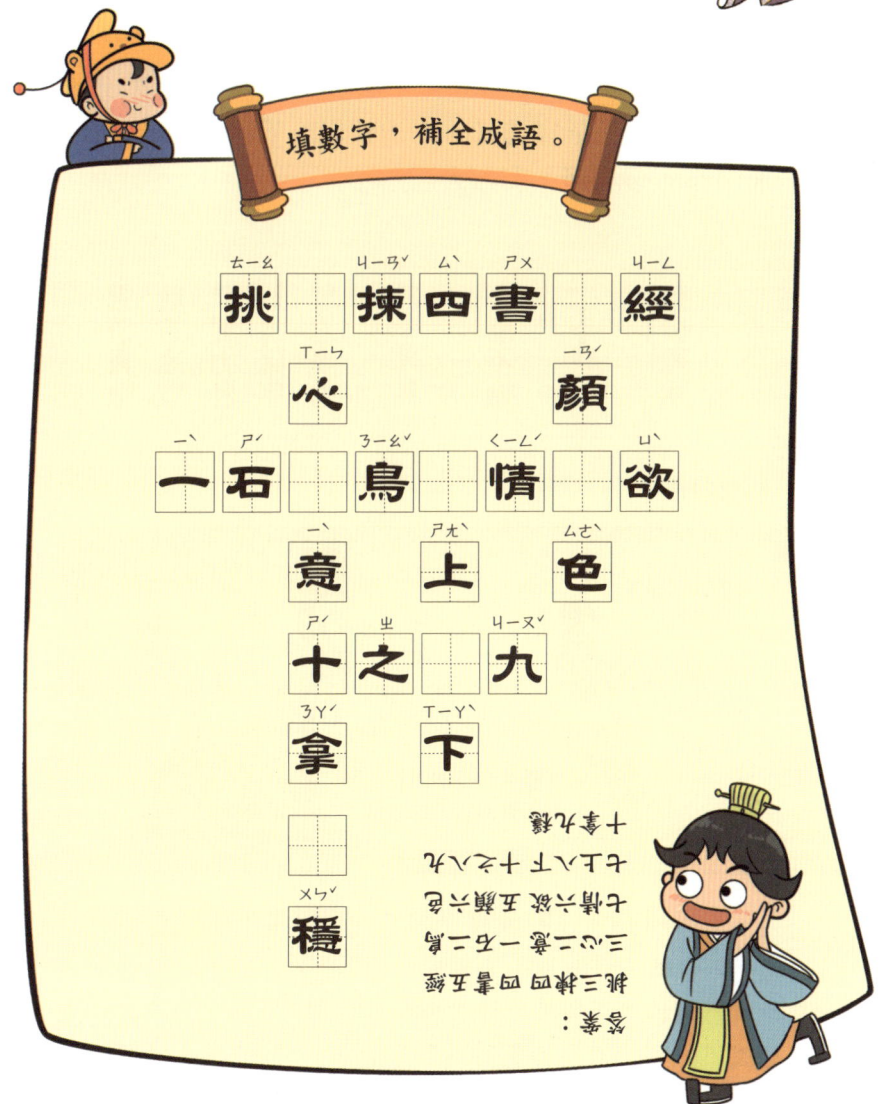

填數字，補全成語。

挑（ㄊㄧㄠ）揀四書（ㄐㄧㄢˇ）經（ㄙ）（ㄕㄨ）（ㄐㄧㄥ）

心（ㄒㄧㄣ）　　顏（ㄧㄢˊ）

一石（ㄧ）（ㄕˊ）鳥（ㄋㄧㄠˇ）情（ㄑㄧㄥˊ）欲（ㄩˋ）

意（ㄧˋ）　上（ㄕㄤˋ）　色（ㄙㄜˋ）

十（ㄕˊ）之（ㄓ）九（ㄐㄧㄡˇ）

拿（ㄋㄚˊ）下（ㄒㄧㄚˋ）

穩（ㄨㄣˇ）

答案：
挑三揀四　四書五經
一心二用　一石二鳥
七情六欲　五顏六色
三心二意　三上五下
十之八九　十拿九穩

魏晉南北朝

中流擊楫

ㄓㄨㄥ　ㄌㄧㄡˊ　ㄐㄧˊ　ㄐㄧˊ

① 中流：河流中央。② 楫：船槳。

釋義　船到中流時敲擊船槳。比喻收復失地的雄心壯志。

典出＆語見　《晉書‧祖逖（ㄊㄧˋ）傳》：「(逖)仍將本流徙部曲百餘家渡江，中流擊楫而誓曰：『祖逖不能清中原而復濟者，有如大江！』」

「同音接龍」
雲消霧散
壯志凌雲
年輕力壯
益壽延年
集思廣益

「反義」
萎靡不振

「近義」
奮發圖強

例句詳解

小迷糊飾劉琨
小百科飾祖逖

這兩個人大半夜起來舞劍……

人們都說半夜雞叫不吉利，但我卻覺得這不是壞事！

是呀，可以藉此強身健體呢！

沒有「聞雞起舞」的磨煉，哪來「中流擊楫」的豪邁！

祖逖年輕時曾經跟自己的好朋友劉琨住在一起。一天晚上，祖逖突然被雞鳴聲驚醒，於是他叫醒劉琨，說：「人們都說半夜雞鳴不吉利，但我卻覺得這不是壞事！」然後就拉著劉琨一起練劍。經過長時間的磨煉，兩人都成了文武全才。

歷史典故

西晉滅亡後，中原地區被匈奴人佔領，很多人為了躲避戰亂，都逃往南方。有個名叫祖逖的人，也帶著幾百個老鄉逃難。途中，祖逖主動將自己的車馬讓給老弱病殘乘坐，隨身攜帶的糧食、衣服也和大家同吃同用。大家都對祖逖非常敬重，願意追隨他的人也越來越多。

到達建康（今南京）之後，祖逖找到當時尚未稱帝的琅琊王司馬睿，對他說：「我們雖然逃到南方，但時刻都想回到中原，只要您下令，我願意帶兵去收復失地！」司馬睿本來無心北伐，但也不好推辭，於是就任命他做豫州刺史，並給了他一千人的口糧和三千匹布，然後讓他自己解決兵馬和武器的問題。

祖逖果然組建了一支隊伍，並率領他們渡江北伐，當船行至江心時，祖逖拿起一支船槳，用力地拍打著船舷，對大家說：「如果我不能收復中原，就絕不再渡過長江。」當時他說話的聲音慷慨激昂，隨行的人都振奮不已。

過江之後，祖逖帶兵打了很多勝仗，收復了黃河以南的全部領土，已經做了皇帝的司馬睿見他立下了功勞，就封他做了鎮西將軍。正當祖逖鬥志昂揚，準備繼續北上，收復黃河以北的失地時，司馬睿卻突然改了主意。他擔心祖逖實力壯大之後會威脅到自己的統治，不僅沒有給予支援，反而給他派來一個處處掣肘的頂頭上司。對於為人忠正、性格耿直的祖逖來說，受到皇帝的猜忌是一件讓他感到非常苦悶的事情。不久之後，祖逖因病去世，他一生為之奮鬥的北伐事業也宣告失敗。

魏晉南北朝

運動會馬上舉行了，你們報了什麼項目？
跳遠嘍！
我長跑！
自信滿滿
小迷糊，你今年也報一項吧！
我？算了，上回體測，我屁股疼了半個月！
打起精神來！
學學祖逖，拿出中流擊楫的氣勢！
我也想積極，我還想上流積極呢，奈何我的腿太短不是大長腿，也不是飛毛腿！
那個「楫」，不是積極的「極」！
那是擊劍？擊劍我也不行啊！有摔跤比賽嗎？
大胃王比賽也行！
祖逖是哪個班的？
你和小迷糊還真是神仙組合！
噗——
大壯啊，這個問題比較複雜，咱不操心了，你呢就好好準備百米賽跑吧！
好！

邏輯 記憶

含有「擊」字的成語還有哪些？

聲東擊西
以卵擊石
各個擊破

擊

不堪一擊
旁敲側擊
乘勝追擊
無懈可擊

你知道其他有「中流」的成語嗎？

中流砥柱
ㄓㄨㄥ ㄌㄧㄡˊ ㄉㄧˇ ㄓㄨˋ

就像屹立在黃河急流中的砥柱山一樣，比喻堅強獨立的人能在動盪艱難的環境中起支柱作用。

相傳「砥柱」是大禹治水時留下的鎮河石柱，還有傳說這是一位黃河老艄公的化身。

很久以前，一位老艄公率領幾條貨船駛往黃河下游。當船行到神門河口時，突然狂風暴雨，白浪滔天，無法辨明方向。老艄公駕船穿越神門，眼看船就要撞向岩石，他大喝一聲：「掌好舵，朝我來！」然後縱身跳進波濤之中。船工們還沒弄清是怎麼回事，就聽到前面有人高呼「朝我來，朝我來」，原來是老艄公站在激流中為船導航。船工們駛到跟前正要拉他上船，忽然一個浪頭將船推向下游，離開了險地。船工們在下游將船拴好後，返回去找老艄公，見他已變成了一座石島，昂頭挺立在激流中，為過往船隻指引航向。因此，人們把這座石島叫作「中流砥柱」，也叫「朝我來」。

魏晉南北朝

投鞭斷流

ㄊㄡˊ ㄅㄧㄢ ㄉㄨㄢˋ ㄌㄧㄡˊ

① 投：扔。② 鞭：馬鞭子。③ 斷：截斷。④ 流：水流。

- **釋義** 比喻人馬眾多，兵力強大。
- **典出＆語見** 《晉書‧苻堅載記》：「以吾之眾旅，投鞭於江，足斷其流。」

「接龍」
師出有名
學無常師
真才實學
返璞歸真
流連忘返

「兵微將寡」

「反義」

「兵多將廣」

「近義」

- **例句詳解**

小百科飾苻堅
小迷糊飾士兵乙
大壯飾士兵甲

晉軍這麼強大，怎麼能說兵力不足呢？

縱然可以<u>投鞭斷流</u>，苻堅還是免不了<u>草木皆兵</u>。

淝水之戰之前，苻堅認為自己的百萬大軍絕對可以一舉消滅東晉。但在與東晉第一次交鋒時，前秦就打了敗仗，不僅大將被殺，士兵也死傷了一萬多人。淝水對面的晉軍士氣高漲，苻堅遠遠望去，竟把對面八公山上的草木也當成了東晉士兵，苻堅因此感嘆道：「晉軍多麼強大呀，怎麼能說兵力不足呢？」

歷史 典故

西晉「八王之亂」期間，巴氐族的李雄於304年在成都建立成漢政權；同年，匈奴貴族劉淵在並州稱王，四年後又正式稱帝，建立前趙政權；此後劉淵和他的繼任者不斷派兵進攻西晉，最終在316年滅亡了西晉。琅琊王司馬睿與眾多士族逃往江南，並在317年稱帝，建立東晉政權，維持了103年的統治。

在北方地區，從304年到439年，除了成漢、前趙政權之外，匈奴、鮮卑、羯、氐、羌等少數民族又先後建立了十幾個政權。歷史上將這一時期稱為「東晉十六國」。

383年八月，曾經統一了中國北方地區的前秦政權發動「淝水之戰」，想要消滅南方的東晉政權，進而統一全國。

戰爭爆發之前，前秦的國君苻堅曾經與大臣討論是否應該攻打東晉。大臣們分成兩派，其中一部分大臣支持苻堅，但大多數大臣一致認為東晉有長江作為屏障，易守難攻，而且前秦剛剛統一北方不久，根基未穩，所以短時間內不應該攻打東晉。但苻堅卻認為：「以吾之眾旅，投鞭於江，足斷其流。」

最後，驕傲自大的苻堅不顧眾多大臣的反對，親自率領八十多萬大軍進軍淝水。而東晉則在丞相謝安的統一指揮下，派出大將謝玄、謝石率領八萬人進行抵抗。結果，東晉軍隊渡過淝水，一舉擊潰了前秦軍隊，苻堅也中箭而逃。

就這樣，東晉以少勝多，戰勝了強大的前秦。此戰之後，前秦迅速敗亡，北方再度陷入分裂，而東晉則獲得了數十年的安定。

魏晉南北朝

最近學習太緊張了，寫字寫得我手指頭都疼了。
我還以為只有我這樣呢！
你什麼時候混進刻苦學生的隊伍了？
給你們看看我用光多少支筆！
唰啦——
好傢伙！空筆大軍！
哇哦！
是不是有投鞭斷流之勢？
這個成語我知道，出自淝水之戰，對嗎？
小迷糊今天不迷糊哇，看來真的是在刻苦學習呢！
不迷糊好哇！用功複習，我們現在打的是期末之戰。
加油哦！
老師帶我們上戰場，大有投鞭斷流之勢！
行，小迷糊，看這趨勢，你這次考試一定能考好！
老師，我拚了，我要奮發圖強！
啪
那我替你定個目標，國語90分，數學90分！
啊？老師——我的目標是60分！
嗚嗚——

邏輯 記憶

除了「投鞭斷流」，跟苻堅有關的成語和典故還有不少呢！

草木皆兵（ㄘㄠˇ ㄇㄨˋ ㄐㄧㄝ ㄅㄧㄥ）

把山上的草木都當成了敵兵。形容人在驚慌時疑神疑鬼的樣子。

淝水之戰時，苻堅與苻融在壽春城上看到晉軍隊伍嚴整，士氣高昂，再北望八公山，看到山上一草一木，都以為是晉軍的士兵。苻堅對苻融說：「敵人太強大了，怎麼能說晉軍兵力不足呢？」他後悔自己太過輕敵了。

> 我太輕敵了！

風聲鶴唳（ㄈㄥ ㄕㄥ ㄏㄜˋ ㄌㄧˋ）

形容驚慌疑懼的樣子。

> 快跑哇！

淝水兵敗後，苻堅的潰兵在逃跑的路上聽到呼呼的風聲和鶴的鳴叫聲，以為晉軍又追來了，於是不顧白天黑夜，拚命奔逃。

垂韁之義（ㄔㄨㄟˊ ㄐㄧㄤ ㄓ ㄧˋ）

形容牲畜也懂得知恩圖報。

苻堅在逃跑時，掉下了山澗，怎麼爬也爬不上來。這時，他的坐騎突然跪在澗邊，把韁繩垂了下來，苻堅抓住韁繩爬上去，才脫了險。

> 太好了，我的馬兒來救我了！

魏晉南北朝

鹿死誰手

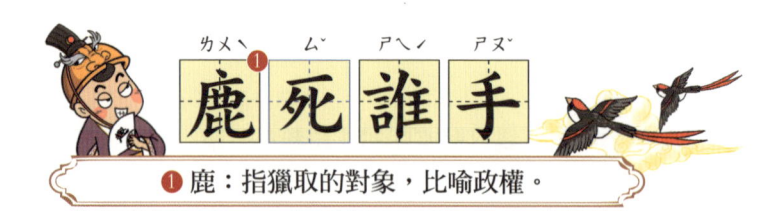

ㄌㄨˋ ㄙˇ ㄕㄟˊ ㄕㄡˇ

① 鹿：指獵取的對象，比喻政權。

釋義 以追逐野鹿比喻爭奪天下，意思是不知天下落在誰的手裡。現指不知誰取得最後勝利。

典出＆語見 《晉書·石勒載記》：「勒因饗（ㄒㄧㄤˇ）酒酣，笑曰：『朕若逢高皇，當北面而事之，與韓、彭競鞭而爭先耳。朕遇光武，當並驅於中原，未知鹿死誰手！』」

接龍：中飽私囊、樂在其中、及時行樂、措手不及、手足無措

一決勝負

反義：雌雄未決

近義

例句詳解

小迷糊飾蒯徹
小百科飾韓信

主公有恩於我，韓某絕不會做出背叛主公之事！先生莫要再提了！

鼎立之事還請齊王三思呀！

若是韓信聽從蒯（ㄎㄨㄞˇ）徹建議，那麼鹿死誰手也確實難以預料。

韓信曾被劉邦封為齊王，當時謀士蒯徹曾勸他與劉邦、項羽三分天下，但韓信感激劉邦的知遇之恩，拒絕了蒯徹的建議。從實力和才能來看，韓信也的確有可能成為最終的勝利者。後來韓信被呂后所殺，蒯徹也被捉住，蒯徹對劉邦說：「假如韓信那小子採納了我的計策，陛下又怎能除掉他呢？」

歷史典故

「五胡十六國」時期，羯(ㄐㄧㄝˊ)族人石勒建立的後趙在疆域最遼闊時，曾統一了除東晉、前涼以及遼東之外的中國大部分地區。後趙之所以能夠盛極一時，與石勒的勵精圖治是分不開的。

石勒本名匐(ㄈㄨˊ)勒，字世龍。319年，石勒自稱大趙天王，建立後趙。他在位期間廣納賢才、虛心納諫，對老百姓也比較寬仁，不但勸課農桑，而且多次減免租賦；為了緩和統治階級與老百姓之間的矛盾，他還嚴格依法治國，對貪贓枉法的官員予以嚴懲，一定程度上贏得了人心。

有一次，石勒聽到漢高祖劉邦準備將戰國時期六國的後代封為王侯時，忍不住大聲說：「這種做法會導致天下大亂哪！」後來又聽到張良勸阻劉邦，才鬆了一口氣說道：「多虧了這個人哪！」還有一次，高句(ㄍㄡ)麗(ㄌㄧˊ)國使者來訪，石勒設宴款待，酒過三巡之後，石勒乘著醉意問手下的大臣：「你們說我能跟哪一位古代君王相提並論呢？」一個大臣回答道：「您的才能比漢高祖劉邦還高，智謀方面又勝過魏武帝曹操。自三皇五帝以來，也只有黃帝能跟您相比，我覺得您算是黃帝第二！」石勒聽了以後哈哈大笑，對這個大臣說道：「人貴有自知之明，你說得真是太過分了！我怎麼敢跟黃帝相比？就算是遇到了漢高祖劉邦，我也會心甘情願地做他的部下，服從他的命令，只能跟韓信、彭越爭一爭高下；但是如果遇到了光武帝劉秀，我就會跟他在中原地區決一死戰，鹿死誰手還真不一定！」

10
10
你們快看，比分打到10：10了。
乒乓球館
大壯和大胖誰會贏啊？
大胖雖然胖，但是靈活，鹿死誰手還真不好說！
水手？吃菠菜的那個（大力）水手嗎？
小迷糊，能不能別總聯想到吃……
別說，還真有點兒諧音！
我怎麼沒注意還有獵鹿的事？哪一集？
大壯拿到球了……
快看，大壯要扣球了！
緊張
倒數了——
加油！
控住球，拖延時間，咱們就贏了！
抱住球，球死你手！

邏輯 記憶

鹿除了指動物，在古代，還常用來比喻政權或爵位。含有「鹿」字的成語還有哪些呢？

抓住那頭鹿，天下就是我的了！

大家衝啊！

群雄逐鹿　逐鹿中原
秦失其鹿

各派勢力爭奪天下，秦朝失去統治地位。

因為秦二世的殘暴統治，陳勝、吳廣率先在大澤鄉**揭竿而起**，隨後項羽、劉邦等各路義軍並起。他們在進攻暴秦的同時，也互相展開爭奪政權的戰鬥。歷史對此這樣描述：秦失其鹿，天下共逐之。

魏晉南北朝

自毀長城

ㄗˋ ㄏㄨㄟˇ ㄔㄤˊ ㄔㄥˊ

❶ 毀：毀壞。 ❷ 長城：比喻抵禦異族侵略的屏障。

釋義　自己削弱自己的力量或破壞自己的事業。

典出＆語見　《南史・檀道濟傳》：「道濟見收，憤怒氣盛，目光如炬，俄爾間引飲一斛。乃脫幘投地，曰：『乃壞汝萬里長城。』」

「近義」自壞長城
「反義」如虎添翼
「接龍」城門失火　火上澆油　油然而生　生龍活虎　虎頭蛇尾

例句詳解

> 皇上，我正在與敵交戰，冤枉啊！
>
> 小樣兒，你跑不了了！
>
> 袁崇煥，你膽敢通敵，快快受審！
>
> 小迷糊飾崇禎帝
> 小百科飾袁崇煥
> 大壯飾士兵

當時枉殺袁崇煥，<u>自毀長城</u>後悔遲。

袁崇煥是明朝末年抗擊後金的著名將領，曾取得寧遠大捷、寧錦大捷，使當時的後金損失慘重。為了除掉袁崇煥，後金故意散佈謠言，說袁崇煥已經與後金秘密議和，崇禎帝信以為真，於1630年自毀長城，處死袁崇煥。此後，明朝再也無人可以抵擋後金的攻勢。

420年，東晉大將劉裕接受晉恭帝的禪讓，建立宋朝，由於國君姓劉，為了與後世趙匡胤所建立的宋朝相區別，史學家又將其稱為「劉宋」。劉裕去世後，他的兒子劉義符繼位，史稱宋少帝。宋少帝終日尋歡作樂，引起朝中大臣不滿，他們與大將檀道濟一起廢了宋少帝，改立劉裕的另一個兒子劉義隆為帝，也就是宋文帝。

劉義隆繼位後，改年號為「元嘉」。在位初期，他繼承父親劉裕生前推行的很多改革政策，而且政治上也比較清明，因此當時劉宋在社會、經濟、文化各方面都比較繁榮安定，史書上將這段歷史稱為「元嘉之治」。不過，在軍事方面，宋文帝卻並不在行，錯殺檀道濟就是一個很好的例子。

檀道濟曾經追隨劉裕東征西戰，立下了很大的戰功，而且對劉義隆有擁立之功，但也正因為如此，劉義隆對檀道濟非常忌憚，生怕他哪天像對待宋少帝那樣對待自己。再加上有些大臣嫉妒檀道濟，總是在劉義隆面前說檀道濟的壞話，劉義隆就產生了除掉檀道濟的想法。

有一次，劉義隆生了重病，因為擔心自己死後檀道濟會篡奪皇位，便以「意圖謀反」的罪名下令逮捕了檀道濟和他的兒子。檀道濟聽說自己被扣上了謀反的帽子，頓時氣得火冒三丈，大聲怒斥：「你們這是自毀長城！」不久，檀道濟全家被處死。

北魏皇帝聽說檀道濟被殺之後，立刻出兵攻打劉宋，一直打到了建康附近。此時，宋文帝才感到後悔，他感嘆著說道：「倘若檀道濟還在，怎麼會到這種地步！」

真人CS
我不想往臉上畫迷彩，太醜了！
不然就我們三個去，您在邊上看著吧！
不行，我去！
衝啊！
翹翹，我保護你！
哈哈哈！
很好玩的，一起玩就對了！
報告隊長，對方開始進攻了！
喂喂！
你們這幫壞人！
突突突
我端了你們的老巢！
姑奶奶，你怎麼自毀長城啊？
那是我方基地。
啊！我的屁股中彈了，我們背後有埋伏！
哎喲
哎呀！不好意思，是我，瞄歪了！
蒼天哪，這是支什麼隊伍呢？
大壯，我發現你會用成語了！
別影響我哭倒長城的心情！

邏輯 記憶

自毀長城最終會引火焚身，甚至導致滅亡。你認為下列成語，哪些表達了對待人才的正確態度？

滄海遺珠　量才錄用　明珠暗投　任賢使能
大材小用　知人善任　量能授官　用人唯才
疑人勿用　用人勿疑　嫉賢妒能　選賢舉能

答案：量才錄用、任賢使能、知人善任、量能授官、用人唯才、用人勿疑、選賢舉能

含有「毀」字的成語有哪些？

毀譽參半
說壞話的和說好話的各佔一半。表示對人的評價沒有一致的意見。

毀於一旦
形容在很短的時間內完全毀滅。

毀家紓難
不惜捐獻所有家產，幫助國家渡過難關。

積毀銷骨
不斷毀謗能使人毀滅。

魏晉南北朝

寧為玉碎，不為瓦全

❶ 碎：玉器被打碎。 ❷ 瓦全：瓦器完好無缺。

釋義 寧願做玉器被砸碎，不願做瓦器而得以保全。比喻寧願為正義事業犧牲，絕不願苟全性命。

典出&語見 《北齊書・元景安傳》：「大丈夫寧可玉碎，不為瓦全。」

「接龍」
全心全意
意味深長
長治久安
安貧樂道
道聽塗說

「反義」
苟且偷生

「近義」
寧死不屈

例句詳解

我死也不會跪下，絕不投降！

投不投降？

給我跪下！

小迷糊飾清兵乙
小百科飾夏完淳
大壯飾清兵甲

夏完淳寧為玉碎，不為瓦全，死時年僅十七歲。

夏完淳是明末詩人、抗清將領，十四歲時跟隨父親夏允彝、老師陳子龍等人從事抗清活動。後被清軍俘虜，但他寧死不降，死時也是立而不跪。後人稱讚夏完淳是「悲歌慷慨千秋血，文采風流一世宗」。

歷史典故

南北朝時期，北方的北魏政權因為內部鬥爭而分裂為西魏和東魏。其中東魏是在權臣高歡的扶持下建立的，因此東魏的朝政基本由高氏家族一手把持。

高歡死後，長子高澄繼承了父親的官職，從此更加肆無忌憚，甚至隨意毆打孝靜帝。後來，高澄遇刺而亡，高歡的次子高洋繼續把持朝政。550年，高洋認為時機已經成熟，就逼迫東魏孝靜帝將帝位禪讓給自己，改國號為「齊」，史稱北齊，而東魏也就此滅亡。為了斬草除根，高洋不久就派人毒死了孝靜帝和他的兒子，

但他仍然覺得不放心，又將東魏宗室近支四十餘家、七百餘人全部殺死。這也讓東魏皇族的遠房宗族感到恐懼不安，他們互相商量對策。其中一個名叫元景安的人說，只要向高洋請求脫離元氏，改為高姓，就能保全性命。

對此，元景安的堂兄元景皓堅決表示反對，他憤怒地說：「怎麼能拋棄祖宗、改為他姓呢？大丈夫寧可玉碎，不為瓦全！」元景皓的意思是自己寧願保持高貴的氣節而死，也不願為了活著而忍受屈辱。

沒想到，元景安竟然把元景皓這番話報告給了高洋。高洋立即下令處死了元景皓，而元景安卻因為告密而官運亨通，甚至在北齊滅亡後繼續為北周效力，毫無氣節可言。

高洋在位初期，也曾經勵精圖治，征伐四方，北齊一度出現了繁榮的局面。但他在執政後期卻變得非常殘暴，最終因為飲酒過度而暴斃，死時年僅三十四歲。

魏晉南北朝

今天是女生節！
婦女節快樂！
小迷糊可以滿足女生們的一個願望……
哈哈哈
我想為大家跳一支舞！
我們沒說要看跳舞！
哼——
哎！
踩到我的腳了！
快給我道歉！
小迷糊，我看好你！
我小迷糊的人生信條是……寧為玉碎，不為瓦全！
哈哈哈——
小迷糊，我心靈上支持你！
唉，我覺得後背發涼，似乎——
有種不祥之預兆……
讓你見識見識書本「瓦片」的力量？
救命啊！
別跑！
唉，自找的，我也救不了你了！
呼——

邏輯 記憶

你還知道哪些八個字的複合成語呢？

成事不足，敗事有餘　　不但辦不好事情，反而弄得更糟了。

成者為王，敗者為寇　　在爭奪政權鬥爭中，成功的人稱帝稱王；失敗的人被稱為寇賊。含有成功者權勢在手，無人敢責難，失敗者卻有口難辯的意思。

乘興而來，敗興而歸　　趁著興致前來，卻很掃興地回去了。

兵來將擋，水來土掩　　根據具體情況，靈活地採取不同的對策。

比上不足，比下有餘　　即便不如最好的，但是總歸比最差的強。

百萬買宅，千萬買鄰

南朝宋人季雅被貶為南康郡守後，買下了輔國將軍呂僧珍隔壁的一處宅院。呂僧珍問房價多少，季雅答：「一千一百萬錢！」呂僧珍認為太貴，季雅說：「我是用一百萬錢買房子，用一千萬錢買鄰居呀！」

魏晉南北朝

581～960年

隋唐五代篇

　　隋朝的統一結束了南北朝的分裂割據，唐朝的建立使中國出現了最為輝煌的盛世局面，「安史之亂」則使唐朝由盛轉衰，開啟了藩鎮割據、五代十國的動亂局面。明君賢臣、昏君奸臣，在這段歷史上都留下了各自的故事。「以史為鏡，可以知興替；以人為鏡，可以明得失」，學習這些成語，不僅可以增加個人的文學修養，也可以開闊眼界，讓人明白很多做人、做事的道理。

一衣帶水

ㄧˋ ㄧ ㄉㄞˋ ㄕㄨㄟˇ

① 水：這裡指長江。

🎗 **釋義** 水面像一條衣帶那樣窄，形容兩岸雖然為水面所隔，但相距很近，往來方便。

典出＆語見 《南史·陳紀下》：「隋文帝謂僕射高熲（ㄐㄩㄥˇ）曰：『我為百姓父母，豈可限一衣帶水不拯之乎？』」

「接龍」 水落石出　出奇制勝　勝友如雲　雲中白鶴　鶴髮童顏

「反義」 天各一方

「近義」 一水之隔

🎗 **例句詳解**

> 小百科飾漢軍士兵
> 小迷糊飾項羽

項羽：我項羽無顏面對江東父老，就此別過了！

士兵：回家——回家——回家吧——

一衣帶水的鴻溝怎能阻擋劉邦統一天下的步伐呢？

從西元前206年到西元前202年，劉邦和項羽交戰百餘次，實力逐漸超過了項羽。於是項羽提出以鴻溝為界，楚、漢平分天下，鴻溝以東歸楚，鴻溝以西歸漢。劉邦表面同意，但不久之後就與手下眾將共同出兵，在垓下包圍了項羽的大軍。最終項羽拔劍自殺，劉邦統一天下。

歷史典故

南北朝是對中國歷史上東晉十六國之後一段歷史的統稱。

其中南朝始於420年，止於589年，共經歷了宋、齊、梁、陳四個朝代；北朝始於386年，共有北魏、東魏、西魏、北齊、北周五個朝代，其中東魏、西魏是由北魏分裂而來的，後來北齊取代了東魏，北周取代了西魏。

577年，北周滅掉北齊，統一了北方。四年之後，權臣楊堅逼迫北周靜帝宇文闡禪位，建立了隋朝，他就是開國皇帝隋文帝。

隋文帝志在統一中國，因此積極準備滅陳。當時陳國的皇帝名叫陳叔寶，他雖然知道隋朝對自己虎視眈眈，卻認為有長江作為天險足以阻隔隋朝兵馬，所以並不在意。他終日飲酒作樂，並寫下一首題為《玉樹後庭花》的詩，命樂工譜曲演唱，後人將此曲稱為「亡國之音」。

588年冬，隋文帝已經做好了滅陳的準備，就對群臣說道：「我是天下萬民之父母，難道因為長江這一條如同衣帶一樣的河水阻隔，就不去拯救生活在南方的百姓嗎？」

隨後，他任命自己的兒子、晉王楊廣為大元帥，率領楊素、韓擒虎等將領出兵滅陳。陳國滅亡後，長達二百七十多年的分裂局面結束，中國重新成為統一的封建國家，而「一衣帶水」這個成語也從此流傳後世，用來比喻雙方離得很近。

好久沒來公園了，變化好大呀！
哇——
聽說公園新建了人工河。
在假山那邊，還有兩個小亭子！有點兒一衣帶水的味道嘛！
小亭子帶的水不能喝，我帶的能喝。誰要？冰冰涼涼礦泉水！
嘿嘿
哎呀，我忘了帶水了，小迷糊真周到！
他不是周到，他是「人生在世，吃喝二字」。
看你說的，多沒境界，我是關注民生！
咳！
讓你亂說話，嗆到了吧？
行，行，我以後不帶水了，費力不討好！
別呀，我還指望你呢！
你應該再帶點兒糧食，再帶點兒青菜，不能只喝水呀！
那我帶口鍋，再帶點兒水果！
哈哈，那我再帶點兒肉串！
再過一會兒，就可以在公園開串燒了！
呼——

邏輯　記憶

在下面成語中找出「一衣帶水」的近義詞和反義詞。

望衡對宇	近義詞	朝發夕至
天南海北		山水相連
萬水千山	反義詞	咫尺天涯
一望無際		近在咫尺

答案：
近義詞：望衡對宇　近在咫尺
　　　　朝發夕至　山水相連
反義詞：天南海北　萬水千山
　　　　一望無際　咫尺天涯

冰消瓦解 ㄅㄧㄥ ㄒㄧㄠ ㄨㄚˇ ㄐㄧㄝˇ

❶ 消：消融，融化。❷ 解：解體，粉碎。

🏮 **釋義** 像冰一樣融化，像瓦片一樣粉碎。比喻事物徹底消失或崩潰。

🏮 **典出＆語見** 晉‧成公綏《雲賦》：「於是玄氣仰散，歸雲四聚；冰消瓦解，奕奕翩翩。」

《隋書‧楊素傳》：「公以深謀，出其不意，霧廓雲除，冰消瓦解，長驅北邁，直趣巢窟。」

| 「近義」 | 煙消雲散 | 「反義」 | **亙古不滅** | 「接龍」 | 解囊相助 助人為樂 樂不思蜀 蜀犬吠日 日上三竿 |

🏮 **例句詳解**

> 你就是徐敬業？
>
> 正……正是在下！
>
> 就是他謀反，給我消滅了他！

小迷糊師徐敬業
大壯師徐敬業部下
翹翹師武則天

徐敬業起兵叛亂，但十萬大軍不到兩個月就在朝廷軍隊的鎮壓下<u>冰消瓦解</u>。

684年，武則天廢掉唐中宗李顯，掌握了朝廷大權。這年九月，徐敬業以幫助唐中宗復位的名義，召集十萬大軍，在揚州發動叛亂。但在武則天的鎮壓下，這場叛亂僅僅持續了不到兩個月，徐敬業被部下所殺，十萬叛軍就此冰消瓦解。

歷史典故

隋文帝楊堅有兩個兒子，長子名叫楊勇，被立為太子；次子名叫楊廣，被封為晉王。在隋朝滅南陳的戰爭中，楊廣被任命為大元帥，立下了很大的功勞。因此，他不甘心只做晉王，便想盡各種辦法，最終取代楊勇，當上了太子。

604年，楊堅突然去世，楊廣繼位做了皇帝，就是隋煬帝。當時，皇族和大臣之中有不少人都懷疑是楊廣為了早日當皇帝，下毒害死了文帝，漢王楊諒就是其中之一。當時大臣楊素在楊廣繼位的過程中出了不少力，於是楊諒就打著「誅殺奸臣楊素」的旗號起兵叛亂。隋煬帝得知消息之後，就命楊素率領四萬五千精兵討伐楊諒，結果楊素很快就打敗了叛軍，並活捉了楊諒。當勝利的消息傳到京城時，隋煬帝非常高興，他親自寫了一封詔書，誇獎楊素善於用兵，所到之處「霧廓雲除，冰消瓦解」。意思是說楊素所到之處，雲霧被驅散，冰塊融化，瓦片破碎，後來「冰消瓦解」用來比喻事物完全消逝或崩潰。

但在皇位穩固之後，隋煬帝不等國力恢復就下令開鑿大運河，營建東都洛陽；同時頻繁發動對外戰爭，先是西征吐谷（ㄩˋ）渾，然後又三次東征高句麗。由於濫用民力，老百姓生活非常困苦，終於引發了大規模的農民起義。一些貴族重臣也趁機起兵，隋朝重新陷入動亂的局面。沒過多久，隋朝的大臣宇文化及在江都發動兵變，將隋煬帝縊殺，隋朝滅亡。

隋唐五代篇

說好了陪我比賽，小迷糊怎麼還沒來？
這傢伙，多半是睡過頭了！
他不來還有我們陪你呢，別緊張！
你還有時間吃冰沙？
我給翹翹買的！
消滅了這杯冰沙，代表一切困難冰消瓦解，這寓意多好！
她一會兒就上場了，吃這麼一大杯冰沙，拉肚子怎麼辦？
得意——
我發現，小迷糊其實是個暖男哦！
謝謝，我就不吃了，妝會花！
那我替你吃了吧，別浪費！
嘿，嘿，二位給我留點！
太好吃了！
冰冰涼涼，我也想吃！
喂！
吸溜——
人呢？
嗯？
你這烏鴉嘴，說什麼拉肚子！
丟不丟人？你們說，丟不丟人？
小迷糊，這爛冰沙從哪買的？
噗——
噗——

邏輯記憶

學一學，下列含「冰」字的成語。

夏蟲語冰	跟一生還沒有一個夏天長的蟲子說關於冰雪的事情，比喻人的見識十分短淺。
渙然冰釋	像冰遇到了熱迅速融化了一樣，比喻矛盾、風波完全消除，也可比喻疑團解除。
如履薄冰	像走在薄冰上一樣，時刻提防潛在的危險，比喻行事極為謹慎小心。
冰雪聰明	比喻人聰明非凡。

楊素，是隋朝軍事家，在他的故事裡除了提煉出「冰消瓦解」這個成語，還有另外幾個成語。

破鏡重圓
ㄆㄛˋ ㄐㄧㄥˋ ㄔㄨㄥˊ ㄩㄢˊ

指夫妻失散或決裂後重新團聚或和好。

成人之美
ㄔㄥˊ ㄖㄣˊ ㄓ ㄇㄟˇ

成全別人的好事或幫助別人實現他的願望。

隋唐五代篇

房謀杜斷

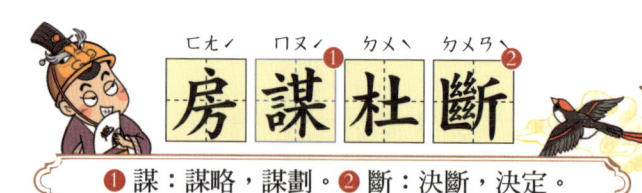

ㄈㄤˊ ㄇㄡˊ ㄉㄨˋ ㄉㄨㄢˋ

① 謀：謀略，謀劃。 ② 斷：決斷，決定。

釋義 唐太宗時期，宰相房玄齡和杜如晦共掌朝政，房氏多謀略，杜氏善決斷，同心輔佐太宗。比喻互相配合，取長補短。

典出&語見 《新唐書‧杜如晦傳》：「如晦長於斷，而玄齡善謀，兩人深相知，故能同心濟謀，以佐佑帝。」

| 「近義」 | 天作之合 | 「接龍」 | 斷章取義 義薄雲天 天長地久 久負盛名 名存實亡 亡羊補牢 牢甲利兵 兵不由將 |

例句詳解

他們都是我大唐的功臣！

大家要以他們為榜樣！為大唐盡心盡力！

小迷糊飾房玄齡
大壯飾唐太宗
小百科飾杜如晦

凌煙功臣之中，就有以「房謀杜斷」著稱的房玄齡和杜如晦。

643年，唐太宗為了紀念當初跟自己一起打天下的眾多功臣，命人修建了一座「凌煙閣」，並由當時著名的畫師閻立本按照真人大小繪製了二十四位功臣的畫像，史稱「凌煙閣二十四功臣」。其中杜如晦名列第三、房玄齡名列第五。

歷史典故

兄弟同心 其利斷金

唐太宗李世民是唐朝第二位皇帝，中國歷史上著名的政治家、軍事家。他從小就擅長騎射，而且聰明果決，十八歲時就勸說父親李淵起兵反隋，在唐朝建立和統一天下的過程中立下了顯赫功勞。626年，李世民發動「玄武門之變」，殺死了太子李建成，不久李淵退位，李世民做了皇帝，就是唐太宗。

唐太宗**知人善任**，且虛心納諫。魏徵原本是太子李建成的手下，但唐太宗並沒有因此懲罰他，反而對他委以重任。魏徵為人正直，一生共向唐太宗進諫二百多次。魏徵去世，唐太宗非常難過，流著淚對身邊的人說：「**以銅為鏡**，可以正衣冠；**以古為鏡**，可以知興替；**以人為鏡**，可以明得失。我經常用這三面鏡子來防止自己的過失。現在魏徵去世了，我失去了一面鏡子呀！」

除了魏徵之外，房玄齡和杜如晦也是唐太宗手下的重要謀臣，他們一個擅長謀劃，一個善於決斷，被譽為「**房謀杜斷**」。房玄齡十八歲時就中了進士，後來李淵起兵反隋，房玄齡就投奔李世民，成為其重要謀士，每次李世民**攻城掠地**之後，房玄齡都會四處為其搜羅人才。杜如晦祖上為隋朝重臣，後來也投靠了李世民。兩人**齊心協力**，一起為李世民**出謀劃策**。

就這樣，唐太宗**勵精圖治**，對內**與民休息**，對外**開疆拓土**，開創了「貞觀之治」。由於與少數民族相處融洽，唐太宗還被尊為「天可汗（ㄎㄜˋㄏㄢˊ）」。後世還將他與秦始皇、漢武帝、宋太祖並稱為「秦皇漢武、唐宗宋祖」。

隋唐五代篇

角色扮演舞會
翩翩，你快幫幫我！
這衣服太瘦了，穿不進去！
誰叫你上場前吃東西，吸氣，收腹。
一，二，三！
想想用什麼東西遮擋一下。
你看小迷糊那像西瓜一樣的肚子，這哪是演乞丐的樣子？
快，把你那個游泳圈借他，擋擋肚子，扮演落水乞丐！
翩翩智慧炸裂！
我的三叉戟斷了，怎麼辦？怎麼辦？
啪！
冷靜，冷靜，找個東西替代一下！
那裡有個拖把！
把頭拆了，你舉棍子的部分！
輪到我們表演了，咱們鼓勵一下自己！
加油！加油！加油！
表演結束
感謝你們的精彩表演！
謝謝翩翩和小百科房謀杜斷，要不咱就砸鍋爐了！
「房謀杜斷」一詞用得好哇！可這「砸鍋爐」三字？
為了突出比砸鍋還狠！
哈哈哈！

邏輯 記憶

不僅有「房謀杜斷」，唐太宗還以魏徵為鏡。你知道「以……為……」結構的成語還有哪些嗎？

以退為進　以守為攻　以鄰為壑
民以食為天　以天下為己任

房玄齡不僅是名相，還是史學家，他參與了《晉書》在唐代的重修。你能在右邊的《晉書》原文中找出左邊的成語並連線嗎？

言不及私	「聞風聲鶴唳，皆以為王師已至。」（《晉書・謝玄傳》）
相待如賓	「須臾，見水族覆滅，奇形異狀，或乘車馬著赤衣者。」（《晉書・溫嶠傳》）
奇形怪狀	「年老之後，與妻相見，皆正衣冠，相待如賓。」（《晉書・何曾傳》）
青眼白眼	「自不參其神契，略不與交通，是以浮華之士咸輕而笑之。猛悠然自得，不以屑懷。」（《晉書・王猛傳》）
悠然自得	「臨終，與謝安、桓沖書，言不及私，唯憂國家之事……」（《晉書・王湛傳》）
風聲鶴唳	「及嵇喜來弔，籍作白眼，喜不懌而退。喜弟康聞之，乃齎酒挾琴造焉，籍大悅，乃見青眼。」（《晉書・阮籍傳》）

隋唐五代篇

口蜜腹劍

ㄎㄡˇ ㄇㄧˋ ㄈㄨˋ ㄐㄧㄢˋ

❶口：嘴，引申為說話。 ❷腹：心。

🏮 **釋義** 形容嘴甜心狠，狡詐陰險。

🏮 **典出＆語見** 《資治通鑑・唐玄宗天寶元年》：「李林甫為相……尤忌文學之士，或陽與之善，啖以甘言而陰陷之。世謂李林甫『口有蜜，腹有劍』。」

「近義」	「反義」	「接龍」
佛口蛇心	心口如一	過屠大嚼 行不貳過 魚尾雁行 及賓有魚 劍及履及

🏮 **例句詳解**

> 小迷糊飾李義府
> 大壯飾唐高宗

哈哈哈，不小心又讓朕贏了，李愛卿還要多練習馬球呀！

要不是看你是皇帝，真想撓死你。

李林甫口蜜腹劍，李義府笑裡藏刀。

李義府在唐高宗時被任命為宰相，他表面上為人隨和，但實際上卻氣量狹窄、心腸狠毒，只要有人稍微得罪他，他就會千方百計地去陷害對方，所以當時的人都說他是「笑裡藏刀」，並給他起了個外號叫「李貓」，意思是說他像貓一樣，雖然看似溫順，卻動不動就伸出利爪傷人。

歷史典故

今天天氣好晴朗
處處好風光——好風光

唐玄宗李隆基即位之初，不僅勤於政務，而且體恤民間疾苦，他重用姚崇、宋璟兩位賢相，開創了「開元盛世」。隨著唐朝的國力達到頂峰，唐玄宗也開始懈怠，他所任用的也不再是賢臣，而是一些奸詐的小人，其中最有名的就是以「口蜜腹劍」著稱的李林甫。

735年，賢相姚崇早已去世，宋璟也因年老辭去官職，才能出眾的李林甫被任命為宰相。任職初期，他主持修訂了唐朝的法律，並且舉薦了高仙芝、哥舒翰等名將，為唐朝盛世的延續做出了一些貢獻。

但是，到了李林甫任職的後期，為了能夠長久地把持權力，他就開始排除異己，特別是對那些文才和能力超過自己的人，李林甫會想盡辦法進行打壓。當時李林甫擔任右丞相，李適之擔任左丞相，為了排擠李適之，李林甫故意對他說：「華山一帶發現了金礦，如果能夠開採，就能使國家更加富裕，可聖上還不知道這件事！」李適之沒有懷疑，便主動要求上奏唐玄宗。等唐玄宗知道這件事以後，李林甫就說：「我早知道這件事了，但華山聚攏著陛下的王氣，一旦開鑿，就會對陛下的皇位不利！」唐玄宗認為李林甫替自己著想，便逐漸冷落了李適之。李適之有苦難言，最後只好辭官回家。除了李適之，盧絢、嚴挺之等人也被李林甫採取類似的手段排擠出了朝廷。由於李林甫表面和善、說話好聽，卻總是在暗地裡陷害別人，所以當時的人都說他「口有蜜，腹有劍」。

隋唐五代篇 161

這個臭丫鬟（ㄏㄨㄢˊ）！陷害公主，氣死我了，氣死我了！
哼！
翹翹，很少看你這麼兇殘呢！
這個人，實在是太壞了，嘴上說得好聽，心裡可歹毒了！
典型的口蜜腹劍！
口蜜是什麼蜜？
口蜜是形容嘴甜。
肚子裡能藏劍，那這人是高手哇！本大俠要拜她為師！
你誰都能拜師呀？佛地魔也很厲害，你拜他為師嗎？
嘿嘿，我是馬份！
呃……
嘿嘿
呵呵
算了吧，人家馬份是個帥哥，而且最後還改邪歸正了。你是壞老鼠斑斑！
哼！
這，這，怎麼還生氣了？
女生心真難猜呀！
唉！
唉！

邏輯 記憶

> 李林甫常因「口蜜腹劍」一詞被人們提起，其實還有一個成語也和他有關。

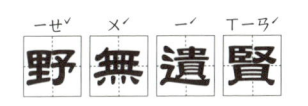

野無遺賢
ㄧㄝˇ ㄨˊ ㄧˊ ㄒㄧㄢˊ

「野無遺賢」出自《尚書·大禹謨》，指有才能的人都受到任用，人盡其才。但這個成語在李林甫這裡，卻出現了諷刺意義。

747年，唐玄宗詔求天下，有才能之人都可到長安備選當官，這本是好事，可惜，選拔人是李林甫。

幾場考試下來，沒有一個人合格。因為李林甫根本不需要人才，他要維持自己控制朝堂的現狀。詩人杜甫和元結，都在這次的應試名單裡。

> 這點兒小事，你看著辦吧！

考完試，李林甫向玄宗道賀說：「所有的人才都在朝中為社稷服務了，民間再也沒有遺留的人才了！」這時已不理國事的唐玄宗竟然相信了這番話。

可以說，後來杜甫的悲慘遭遇幾乎都跟李林甫把持朝政有關。

含「口」字的成語有哪些？

心直口快 脫口而出 口是心非 目瞪口呆 異口同聲

矢口否認 口若懸河 眾口鑠金 口乾舌燥

含「腹」字的成語有哪些？

腹背受敵 推心置腹 滿腹經綸 捧腹大笑 心腹之患

滿腹牢騷 大腹便便

隋唐五代篇

炙﹝ㄓㄟˋ﹞手﹝ㄕㄡˇ﹞可﹝ㄎㄜˇ﹞熱﹝ㄖㄜˋ﹞

① 炙：烤。

🎴 **釋義** 手一挨近就覺得熱得燙人。比喻權勢大，氣焰盛。

🎴 **典出＆語見** 唐・杜甫《麗人行》：「炙手可熱勢絕倫，慎莫近前丞相嗔。」

「近義」	「反義」	「接龍」
烜赫一時	無足輕重	熱火朝天
		天壤之別
		別開生面
		面如土色
		色厲內荏

🎴 **例句詳解**

> 小迷糊飾李輔國
> 小百科飾唐代宗
>
> 太不拿朕當回事了！
> 您坐著就好，一切事務聽我安排！

宦官李輔國一手遮天，炙手可熱，但最終難逃被暗殺的下場。

「安史之亂」後，宦官李輔國因為先後擁立唐肅宗、唐代宗繼位，被封為郕（ㄔㄥˊ）國公，官至司空、中書令，並獨攬軍政大權。李輔國權慾薰心，甚至對唐代宗說：「您只要坐在那裡，一切事聽我來安排！」後來，唐代宗對他心生不滿，先是剝奪了他的兵權，然後又派人將其刺殺。

歷史典故

杜甫是唐朝著名詩人,被尊為「詩聖」,他的詩因為記錄了當時很多重大歷史事件,而被譽為「詩史」。在《麗人行》之中,杜甫就通過「炙手可熱勢絕倫,慎莫近前丞相嗔」這樣的詩句,記錄了楊貴妃及其堂兄楊國忠權勢通天,且只顧自己享樂,不顧老百姓死活的行徑。

楊貴妃,本名楊玉環,中國古代「四大美女」之一。她天生貌美,受過良好教育,擅長彈奏琵琶、表演歌舞。唐玄宗對她非常寵愛,不但為她專門修建了一座華清宮,而且還讓原本用於傳遞重要軍事情報的驛站千里迢迢從嶺南運來新鮮的荔枝,讓她享用。詩人杜牧因此寫出了「一騎紅塵妃子笑,無人知是荔枝來」的詩句。

唐玄宗只顧著整日與楊貴妃享樂,所以朝廷大權就完全掌握在了楊貴妃的堂兄楊國忠的手裡。楊國忠本身既無真才實學,又喜歡結黨營私,把朝廷弄得烏煙瘴氣,最終導致了「安史之亂」的爆發。

755年,安祿山與史思明發動了「安史之亂」。為了躲避叛軍鋒芒,唐玄宗帶著楊貴妃與楊國忠逃往蜀中。途經馬嵬(ㄨㄟˊ)驛時,禁軍將領陳玄禮率領士兵嘩變,在殺死楊國忠之後,又要求唐玄宗處死楊貴妃。唐玄宗無奈,只得命楊貴妃自縊。

咦，那個雪堆上好像有隻小鳥？
從樹上掉下來的吧，快過去看看！
噝——好冷啊——
好涼！都結了薄冰，怎麼辦呢？
得讓牠溫暖起來，對吧！
來，用我高大溫暖的身軀，融化牠！
噤噤——
對，大壯的肚皮跟暖爐似的，一碰直燙人！
這小不點兒，用不著肚皮，放我手裡，「隻手可熱」！
應該是炙手可熱，炙是……
哎呀，緊要關頭，小百科你就別科普了！
就是，人家大壯就是這麼一說，沒什麼不對！
行，我的地位還不如一隻小鳥，我懂，我走就是了！
別呀小可憐！
我寧可凍死於街頭！
快來我的懷抱！
哼！

邏輯　記憶

還有哪些成語像「炙手可熱」一樣是出自杜甫的詩呢？你能圈出來嗎？

例：吾徒胡為縱此樂：暴殄天物聖所哀。（《又觀打魚》）
痛飲狂歌空度日，飛揚跋扈為誰雄？（《贈李白》）
幾年春草歇，今日暮途窮。（《投贈哥舒開府翰二十韻》）
詔謂將軍拂絹素，意匠慘澹經營中。（《丹青引贈曹將軍霸》）
英雄割據雖已矣，文采風流今尚存。（《丹青引贈曹將軍霸》）
褒公鄂公毛髮動，英姿颯爽來酣戰。（《丹青引贈曹將軍霸》）

答：
飛揚跋扈　日暮途窮
暴殄天物　英姿颯爽
英雄割據

隋唐五代篇　167

左右開弓

ㄗㄨㄛˇ ㄧㄡˋ ㄎㄞ ㄍㄨㄥ

❶ 開：拉。 ❷ 弓：弓箭。

🌺 **釋義** 比喻兩隻手輪流做同一動作或同時做幾項動作。

🌺 **典出＆語見** 元・白樸《梧桐雨》楔子：「臣左右開弓，一十八般武藝，無有不會。」

「近義」	「反義」	「接龍」
雙管齊下	顧此失彼	殞身碎首 香消玉殞 國色天香 盡忠報國 弓折刀盡

🌺 **例句詳解**

> 小迷糊飾伯棼
> 小百科飾養由基

射你！

啊，我被射中了！

左右開弓，不如**百步穿楊**。

養由基是春秋時期楚國大將，傳說他能夠在百步之外射中一片做了標記的楊柳葉，而且一箭就可以穿透七層鎧甲。楚國令尹伯棼發動叛亂，養由基隔著一條河就射死了鬥越椒，隨即戰亂平息，因此人們又稱其為「養一箭」。

歷史典故

唐玄宗在位時，為了鞏固邊防，在邊境地區設置了十個藩鎮，每個藩鎮的長官被稱為節度使，因為奸相李林甫的大力舉薦，安祿山一個人就兼任了三個藩鎮的節度使。

安祿山為人狡詐，而且善於阿諛逢迎。據說有一次，唐玄宗在長安召見安祿山，問道：「你的武藝怎麼樣？」安祿山回答：「臣十八般武藝無一不精，射箭尤為厲害，能夠左右開弓。此外，我還懂六種少數民族的語言！」唐玄宗聽了非常高興，故意指著安祿山的肚子問道：「你這個大肚子裡裝了什麼，怎麼會這麼大呢？」安祿山身材肥胖，體重據說有三百多斤，他知道唐玄宗是在開玩笑，但仍然裝出傻乎乎的樣子回答道：「臣的肚子裡沒有其他東西，只有對陛下的一片忠心！」唐玄宗聽了更加高興，從此之後，安祿山就更加得寵了。

755年，安祿山和部下史思明起兵十五萬，以討伐楊國忠為名，發動了叛亂。當時朝廷和老百姓已經好幾代人沒有經歷過戰爭，根本無法快速應對，叛軍在很短時間內就佔領了黃河以北的大片土地。當軍報傳到朝廷時，唐玄宗還不相信，直到潼關失守，唐玄宗才匆忙逃往蜀地，同時封太子李亨為天下兵馬大元帥，命其平定叛亂。不久後，李亨就在靈武稱帝，並尊唐玄宗為太上皇。經過長達八年的苦戰，在郭子儀、李光弼等名將的指揮下，「安史之亂」最終被平定，但唐朝也從此由盛轉衰。

爸，您快來看比賽呀！
太精彩了！
來了來了！
爸，他也太厲害了，怎麼什麼球都能接到？
太帥啦！
這有什麼，想當年，你老爸和他一樣厲害！
真的假的？
哈哈！
自信滿滿
那不是我吹牛哇，爸當年左右開弓，打遍球場無敵手！
你別無敵手了，快去洗碗池裡左右開弓吧！
嘿嘿嘿，爸您現在是打遍廚房無敵手了！
哈哈！
你也別樂，要是這回期末成績考不好，看我怎麼收拾你！
那什麼，老媽，我幫老爸洗碗去！
兒子呀，你媽才是無敵手哇！

邏輯　記憶

含有「左」「右」兩個字的成語有哪些？

「左X右X」形式
- 左思右想
- 左顧右盼
- 左擁右抱
- 左膀右臂
- 左鄰右舍

「左右XX」形式
- 左右為難
- 左右逢源

安祿山是「安史之亂」的罪魁禍首，我們用「安史之亂」做個成語接龍吧！

安史之亂
↓
亂世英雄　　混亂動盪時代中的傑出人物。
↓
雄才大略　　具有傑出的才智和宏大的謀略。
↓
略不世出　　謀略高明，世間少有。
↓
出手不凡　　指剛開始做某事就不同凡響。

隋唐五代篇 171

兒皇帝

ㄦˊ ㄏㄨㄤˊ ㄉㄧˋ

① 兒：兒子。

🦇 **釋義** 五代時期，石敬瑭勾結契丹建立後晉，割地進貢，受封為帝，自稱「兒皇帝」。後來泛指依靠外國勢力取得並維持統治地位的投降賣國分子。

🦇 **典出&語見** 《新五代史‧四夷附錄第一》：「學士以先君之命為書以賜國君，其書常曰：『報兒皇帝云。』」

「接龍」
定亂扶衰 → 命中注定 → 疲於奔命 → 樂此不疲 → 助人為樂 → 鼎力相助 → 商彝夏鼎 → 士農工商 → 仁人志士 → 為富不仁 → 帝制自為

🦇 **例句詳解**

> 小迷糊師劉鈞
> 大壯飾遼國皇帝

乖兒子，爸爸給你吃棒棒糖！

謝謝爸爸！爸爸真好！

北漢皇帝劉鈞與石敬瑭一樣，也是遼國的「兒皇帝」。

北漢是五代十國時期的「十國」之一，由於第二任皇帝劉鈞接受了遼國的冊封，所以劉鈞每次給遼國皇帝寫信都自稱「男」（古代兒子給父親寫信的自稱），而遼國皇帝給劉鈞寫信也稱其為「兒皇帝」。

歷史 典故

晚唐時期，外有藩鎮割據，內有宦官專權和 朋黨之爭，導致皇帝對政權的掌控力變得越來越弱，而老百姓的生活也更加困苦，最終導致了王仙芝、黃巢起義。後來，起義軍中一個名叫朱溫的將領眼見官軍來勢洶洶，便立刻投降了朝廷，並帶頭鎮壓了這次起義，不久又把持了朝廷大權。907年，朱溫廢唐哀帝，建立後梁。從此，中國進入歷史上的「五代十國」時期。

923年，李存勖（ㄒㄩˋ）建立後唐，並在同年滅了後梁。不過，後唐內部也是 矛盾重重，不僅皇族之間鬥爭激烈，一些統兵的將領也懷有野心，石敬瑭就是其中之一。但石敬瑭認為自己的實力不足，於是請求契丹（後來的遼國）出兵相助，並向契丹皇帝耶律德光承諾，一旦自己做了皇帝，就會將燕雲十六州割讓給契丹。燕雲十六州位於今天的北京、天津、河北北部和山西北部，地理位置非常重要。早就對這一地區 垂涎三尺 的耶律德光 喜出望外，立即答應了石敬瑭的請求。石敬瑭也因此得以滅掉後唐，建立後晉。石敬瑭稱帝後，不但如約將燕雲十六州割讓給了契丹，甚至還 恬不知恥 地以「兒皇帝」自稱，並稱比自己小十多歲的耶律德光為「父皇帝」。

由於燕雲十六州被契丹佔領，中原王朝再也沒有山川險隘可以阻擋契丹人，由此造成了後來宋與遼長達一百多年的戰爭。

隋唐五代篇

我們一起玩皇宮遊戲吧，我當皇后！
我當皇帝！
那我當太醫！
我當什麼呀？
哈哈，你當太子吧！
哈哈
我才不當兒子呢！
太子可是未來的皇帝，朕要是駕崩了，你馬上就能繼位！
那你啥時候駕崩？
我不駕崩，你也可以做皇帝！
兒皇帝，我看過這段歷史！
「兒皇帝」實在不是什麼好詞兒！
對！
割地，投降，沒骨氣！
打死我也不當這樣的皇帝！
要不你反串嬪妃？
皇上吉祥！
哈哈，胖妃！
我想起來要當啥了，我要當太上皇！
哈哈

邏輯 記憶

為了保住皇位，石敬瑭在比自己年紀小的人面前自稱「兒皇帝」，還有哪些成語可以形容這樣完全不顧尊嚴的行為呢？

你能在下面的成語中圈出這樣的成語嗎？

不卑不亢	出口傷人	唯我獨尊
卑躬屈膝	寧為玉碎，	不為瓦全
低三下四	唯唯諾諾	寧死不屈
俯首貼耳	奴顏媚骨	諂媚逢迎
剛正不阿	奴顏婢膝	阿諛奉承

答案：卑躬屈膝、低三下四、俯首貼耳、唯唯諾諾、奴顏媚骨、奴顏婢膝、諂媚逢迎、阿諛奉承

隋唐五代篇 175

960～1279年

兩宋篇

　　兩宋時期，經濟、科技、文化空前繁榮，但由於當時政治上「重文輕武」的政策，導致國家內外交困，不僅內部矛盾叢生，而且在與遼、金、元等少數民族政權對峙的過程中也屢屢受挫。統治者為了求得一時和平，對主戰派的大臣和將領予以打壓，也不顧百姓死活。最終北宋被金國所滅，南宋也於一百多年之後被元朝滅亡。本篇通過幾個成語，帶你了解宋朝三百年間都發生過哪些歷史大事。

黃袍加身

ㄏㄨㄤˊ ㄆㄠˊ ㄐㄧㄚ ㄕㄣ

① 黃袍：古代帝王穿的服裝。

🌺 **釋義** 指發動政變謀奪皇位成功，被擁立稱帝。

🌺 **典出＆語見** 《宋史‧太祖本紀》有載：「帝曰：『人孰不欲富貴？一旦有黃袍加汝之身，雖欲不為，其可得乎？』」

| 「近義」 | 面南稱尊 | 「接龍」 | 身無長物　物換星移　移商換羽　羽扇綸巾　巾幗英雄　雄才大略　略見一斑　斑駁陸離 |

🌺 **例句詳解**

> 倘若你們的下屬把黃袍披在你們的身上，該怎麼辦呢？

> 啊，皇上，臣突覺身體不適，可能明天要告假了！

大壯飾趙匡胤
小百科飾石守信

為了避免手下將領被<u>黃袍加身</u>，趙匡胤通過「杯酒釋兵權」解除了他們的兵權。

一天，趙匡胤設宴款待石守信等大將，對他們說：「我做了皇帝之後，整天都睡不好！」眾人連忙詢問原因，趙匡胤說：「我現在的位置，誰不想要呢？對你們，我自然是放心的，但倘若你們的下屬把黃袍披在你們的身上，又該怎麼辦呢？」第二天，眾將稱病辭職，兵權收歸中央。

歷史典故

959年，後周世宗柴榮病逝。臨死之前，柴榮將皇位傳給七歲的兒子柴宗訓，並下令由宰相范質、王溥輔政。

第二年，北漢與遼國聯合出兵進攻後周邊境。范質、王溥經過商議，決定由大將趙匡胤領兵趕赴前線。趙匡胤與弟弟趙匡義、謀士趙普帶著人馬離開京城，走到陳橋驛時，由於天色已晚，趙匡胤便下令就地紮營，準備休息一晚第二天再趕路。

這天晚上，趙匡胤手下的幾員將領聚在一起商量：「如今皇帝年幼，根本不知道怎樣治國，再說現在我們為國效力，等他長大了也不會記得我們的功勞，不如擁立趙元帥做皇帝，我們也能享受榮華富貴！」大家一致表示同意，隨後就把這個決定告訴了趙匡義和趙普。趙匡義和趙普也早有此意，於是一拍即合。

第二天一早，將士們就闖進趙匡胤休息的營帳，將一件黃袍披到趙匡胤身上，然後跪在地上高呼「萬歲」。就這樣，趙匡胤黃袍加身，被擁立為皇帝。隨即，趙匡胤下令班師，在留守京城的大將石守信、王審琦的接應下，很快就控制了京城。

不久，柴宗訓正式禪位，趙匡胤即位稱帝，改國號為宋，趙匡胤就是宋太祖。此後，他南征北戰，先後消滅了國內眾多割據勢力，終結了自唐朝滅亡以來的亂世局面。

兩宋篇 179

怎麼樣？
熱身了嗎？
沒問題呀，室內攀岩，我老爸經常帶我玩！
咔嗒
一等獎獎品真的是一輛跑車？
這裡倒是這樣寫的。
攀岩大賽
哇！
我拚了！等我黃袍加身，讓我老爸開車帶咱們兜風！
敬仰啊，大壯都能給家裡掙車了！
嘻嘻
比賽中……
呼哧呼哧
大壯加油！大壯加油！
馬上到終點了，快呀！
加油加油
終點
終點
耶！
耶！大壯贏了，我們有跑車了！
必勝！
請獲得冠軍的小朋友上臺領獎！
媽呀，現在就給跑車？
等我下臺，趕緊給我爸打電話！
冠軍的獎品是，黃色跑車一輛！恭喜你啦！
……
啊！

邏輯 記憶

趙匡胤「黃袍加身」後又「杯酒釋兵權」，雖然穩固了自己的統治，卻也使宋朝因「重文抑武」的基本國策而十分軟弱，最終被外族入侵滅亡。與趙匡胤有關的成語還有哪些？

> 未來把皇位傳給你弟弟吧！

> 是，母后……

金匱之盟

據記載，一次趙匡胤去看望生母杜太后（一說趙光義一同前往），杜太后問趙匡胤：「你當年因為後周的皇帝年幼，才得以黃袍加身。所以傳位時不應該傳給年紀小的孩子，應該先傳給你的弟弟光義，這樣大宋江山才可以永固！」趙匡胤叩頭答應。於是，杜太后命趙普起草盟約，藏於金匱之中。但盟約的內容歷史上沒有記載。

燭影斧聲

趙匡胤病重的時候，召他的弟弟趙光義（就是後來的宋太宗）入宮，宮殿外的侍從們只能看見殿內燭光搖曳，趙光義時而離席，好像在躲避什麼，又隱隱約約地聽見趙匡胤用斧柄戳地，又說「好自為之」，然後趙匡胤就死了，趙光義順利繼位。這就是所謂「燭影斧聲」，千古之謎，後比喻疑而不決的懸案。

後世對這件事議論不一，有的說趙光義是將哥哥給謀害了，還有的說他們之間已經立下了「金匱之盟」，趙光義也沒有必要謀害哥哥。

> 你好自為之！

兩宋篇

青黃不接

ㄑㄧㄥ ㄏㄨㄤˊ ㄅㄨˋ ㄐㄧㄝ

❶ 青：指田裡的青苗。 ❷ 黃：指成熟的穀物。

🔸 **釋義** 舊糧已經吃完，新糧還未接上。有時比喻後繼的人力、財力的暫斷現象。

🔸 **典出＆語見** 宋·歐陽脩《言青苗第二札(ㄓㄚˊ)子》：「猶是青黃不相接之時，雖不戶戶闕乏，然其間容有不濟者。」

元·無名氏《元典章·戶部·倉庫》：「即日正是青黃不接之際，各處物斛(ㄏㄨˊ)湧貴。」

| 「近義」 | 後繼無人 | 「反義」 | 人才輩出 | 「接龍」 | 接連不斷 斷髮文身 身遙心邇 邇安遠至 至交契友 |

🔸 **例句詳解**

> 不要囉唆！這都是張首輔大人的新政，你敢不從？

> 這麼多糧食怎麼就換了這麼點兒碎銀子？

小百科：師爺、農民、大壯、商人

張居正推行的「一條鞭法」也沒能讓老百姓在 青黃不接 時減輕負擔。

　明朝時期，張居正推行「一條鞭法」：將田稅、徭役及其他 苛捐雜稅 折合成白銀納稅。這本是一項減賦的政策，但因為老百姓必須賣糧才有錢交稅，一些糧商趁機賤買貴賣，以至於糧食豐收時，老百姓的收入反而降低；而到了青黃不接時，糧價又開始暴漲，老百姓 苦不堪言。

歷史典故

> 接不上茬(ㄔㄚˊ)兒了呀！

宋神宗在位時，任用王安石為參知政事，在全國範圍進行了一次改革，史稱「王安石變法」。其目的是發展生產、**富國強兵**，改變宋朝長期以來積貧積弱的局面。這次變法涉及政治、經濟、軍事、社會、文化等多個方面，是繼商鞅變法之後規模最大的改革。這次變法在一定程度上充實了政府財政，提高了軍隊的戰鬥力。但新法在推行過程中過於**急功近利**，也對老百姓的利益造成了損害，最典型的例子就是「青苗法」。

古代由於生產力水準比較低，而且政府往往徵收沉重的賦稅，每年到了二月時，老百姓的陳糧就已經吃完，而新糧尚未成熟，所以就導致了「**青黃不接**」。針對這種情況，王安石推出了「青苗法」：在青黃不接時，由官府向農民放貸，幫助他們渡過難關，但每半年要收取百分之二十的利息，其目的原本是為了減少民間高利貸對百姓的盤剝，同時增加政府的收入。但在實際施行過程中，地方官員為了邀功，強制老百姓借貸、隨意提高利息、**敲詐勒索**等情況時有發生，「青苗法」不但沒有給老百姓帶來實惠，反而加重了他們的負擔。最終，在宋神宗去世之後，「青苗法」連同王安石頒佈的其他多項新法全都被廢除了，改革的成果也**化為烏有**。更為嚴重的後果是，新法引發了**朋黨之爭**，當時北宋朝廷官員分為**涇渭分明**的新黨和舊黨，兩派大臣輪流執政，無論哪方上臺，都會毫不留情地打擊另外一方，等到下臺之後又遭到無情的報復，這也大大加劇了宋朝的衰落和滅亡。

我用存了一週的零用錢買了這塊超大橡皮擦。
有瑕疵呀，這塊黃的，和這塊綠的地方，沒接上呀！
這個成語我會——「青黃不接」！
哎呀，我都沒看到，放學我得拿去換！
呀！
我好像聽到青黃不接了，我才是真正的「青黃不接」呢！
你怎麼了？
我的零花錢被我媽沒收了！
你肯定是做錯什麼了！
唉——
我就是說了一句我不想寫作業了！
你自找的！
我得吃點兒山楂片舒緩一下鬱悶的心情！
欸？我書桌裡的山楂片呢！
哈哈！
唰啦啦——
哈哈哈——
你來之前剛被我「了結」了！
還我的山楂片！

邏輯 記憶

很多成語中有「青」字或者「黃」字，你還知道哪些？

含「青」字的成語

青山綠水
名垂青史
爐火純青

青

青紅皂白
平步青雲
青出於藍

含「黃」字的成語

炎黃子孫
黃粱美夢
飛黃騰達

黃

信口雌黃
面黃肌瘦
明日黃花

王安石不僅是位政治家，還是著名的文學家，他的作品中產生了許多成語。

馬上功成　指憑武功建國。

馬上功成不喜文，叔孫綿共經綸。
——王安石《嘲叔孫通》

刻章琢句　指修飾琢磨文章的細節。

刻章琢句獻天子，釣取薄祿歡庭闈。——王安石《憶昨詩示諸外弟》

> 我想到一個絕世好句！

所見所聞　意為看到的和聽到的。

則士朝夕所見所聞，無非所以治天下國家之道。
——王安石《慈溪縣學記》

兩宋篇

逼上梁山[1]

ㄅㄧ ㄕㄤˋ ㄌㄧㄤˊ ㄕㄢ

[1] 梁山：又稱梁山泊，位於山東省梁山縣境內。

釋義
《水滸傳》中的英雄好漢很多都是被逼迫而上梁山造反的。後用「逼上梁山」比喻被迫進行反抗。也比喻在不得已的情況下做某件事情。

典出＆語見
明‧施耐庵《水滸傳》第十一回：「林沖雪夜上梁山。」

| 「近義」 | 官逼民反 | 「反義」 | 安居樂業 | 「接龍」 | 山窮水盡 盡善盡美 美人遲暮 暮鼓晨鐘 鐘靈毓秀 |

例句詳解

> 武壯士，不要打了，有話好說……

> 今日我武松就要好生修理你這廝！

小迷糊飾張都監
大壯飾武松

《水滸傳》中，武松也是被<u>逼上梁山</u>的。

在書中，武松原本是打虎英雄，為給哥哥報仇殺死西門慶和潘金蓮，被發配孟州；因為醉打蔣門神而得罪了張都監，張都監想要害死武松，不想反被武松所殺。走投無路的武松投奔了二龍山，後來又與魯智深、楊志一起上了梁山。

歷史 典故

《水滸傳》是中國古典文學「四大名著」之一，取材於北宋末年宋江起義的故事。全書圍繞「官逼民反」的主題，講述了眾多好漢因為受到官府的迫害和欺壓而在梁山泊聚義，後來因接受招安而最終失敗的故事。

書中深刻揭露了北宋末年朝廷的腐敗，讚美了梁山好漢們的反抗精神。其中，「豹子頭」林沖可以說是「逼上梁山」的典型代表。

林沖原本是東京八十萬禁軍槍棒教頭，他武藝高強，有萬夫不當之勇，由於長得「豹頭環眼」，所以有人給他起了一個綽號叫「豹子頭」。

一天，林沖與妻子到廟裡去燒香，遇到「花和尚」魯智深在練武。林沖被吸引過去觀看，兩人一見如故，結為好友。此時侍女錦兒氣喘吁吁地跑來報信，說是林娘子遇到了壞人。林沖急忙趕去，發現那歹人竟然是自己頂頭上司太尉高俅的乾兒子高衙內。林沖不願把事情鬧大，就帶著妻子回家了，但高衙內卻一直對林娘子念念不忘。高俅為了幫乾兒子得到林娘子，設計將林沖騙到了軍機重地白虎節堂，誣陷他企圖行刺，林沖因此被流放滄州。即便如此，林沖也決定忍耐，但高俅卻指使負責押送的公差在野豬林殺害林沖，幸虧魯智深在暗中保護，林沖這才保全了性命。

到達滄州之後，林沖被派去看管草料場，此時高俅又派陸謙等人去害林沖。陸謙本是林沖的好友，但為了討好高俅，背叛了林沖。在一個風雪交加的夜晚，陸謙等人放火燒了草料場，本以為能將林沖燒死，沒想到林沖為躲避風雪跑到了草料場附近的山神廟。當林沖聽到陸謙等人的談話，得知高俅一心要置自己於死地時，他再也無法忍耐，在親手殺死陸謙等人之後，就投奔了梁山。

兩宋篇

嘀嗒嘀嗒——
眼保健操
小迷糊，課文你還沒背好，還不趕快背！
快下課了，老師說不定都忘了！
哈哈——
提醒你哦，這篇課文可不好背！
我這麼冰雪聰明，還背了大半天呢！
你背下來了？我不信！
萬里赴戎機，關山「杜若飛」，朔氣……
欸？我為什麼一聽到這句，就會想起小雞燉蘑菇呢？
以為背的是菜單嗎？
對了，是絨雞！
還有10分鐘下課，我來考考大家背課文！
啊！來真的呀，這是要把我逼上梁山哪！
你上關山吧！
還可以和「杜若飛」探討一下小雞燉蘑菇！
哈哈——

邏輯 記憶

《水滸傳》裡有很多成語，我們來看其中的幾個。

「師父如此高強，必是個教頭，小兒<u>有眼不識泰山</u>！」
「誰想這夥官員，貪濫無厭，<u>徇私作弊</u>；克減酒肉。」
「宋江聽罷，扯定兩個公人說道：『卻是苦也！正是<u>福無雙至，禍不單行</u>。』」
「自從哥哥吃官事，兄弟<u>坐立不安</u>，又無路可救。」

你能將下面《水滸傳》中的人物與相對應的成語連起來嗎？

無惡不作　　吳用
虎背熊腰　　時遷
神機妙算　　高俅
偷雞摸狗　　李逵
逼上梁山　　林沖

答案：
林沖——逼上梁山
李逵——虎背熊腰
吳用——神機妙算
時遷——偷雞摸狗
高俅——無惡不作

兩宋篇
189

偏安一隅 (ㄆㄧㄢ ㄢ ㄧ ㄩˊ)

① 偏安：苟且偷安。 ② 隅：角落。

釋義
在殘存的一小塊國土上苟安，而不去收復失地。指帝王失去原來統治的大片國土，苟安於僅存的部分領土。

典出＆語見
清・錢彩《說岳全傳》第四七回：「賴爾岳飛竭力勤王，盡心捍禦，得以偏安一隅。」

「近義」 安於一隅

「同音接龍」 愚公移山　山高水長　長治久安　安之若素　素未謀面　面目全非　非此即彼　彼眾我寡　寡廉鮮恥

例句詳解

> 小百科飾諸葛亮
> 小迷糊飾劉備

漢賊不兩立！
王業不偏安！

漢賊不兩立，王業不偏安。

這是諸葛亮《後出師表》中的兩句話。劉備在世時，就與諸葛亮達成共識：漢朝與曹賊**勢不兩立**，而且帝王大業絕不能**偏安一隅**。所以即便蜀漢地處偏遠、國力弱小，也要堅持討伐敵人。如果不這樣做的話，作為一個偏安的政權，王圖霸業也遲早會敗亡。

北宋末年，北方的女真族崛起，建立了金國。金人與北宋聯手滅掉遼國之後，又開始對北宋虎視眈眈。北宋朝廷軟弱無能，一心想與金國求和，為此，宋徽宗把自己的第九個兒子康王趙構送到金國去做人質，希望以此來打消金人攻宋的想法。

趙構到了金國之後，裝出穩重大方的樣子。在與金國王子一起射箭時，趙構能夠拉開硬弓，且百發百中。金國人認為宋國皇族都是軟弱無能之輩，不相信一個箭術如此出眾的人會是宋徽宗的兒子，便將趙構趕走了。

與此同時，金兵南渡黃河，攻佔了北宋的都城汴梁。他們大肆劫掠，並且將宋徽宗、宋欽宗以及後宮嬪妃、王公大臣等數千人擄走，史稱「靖康之變」。

同時，金國人也得知他們放走的居然是真正的宋朝王子。於是，趙構開始連夜南逃，而金國人則派兵追捕。

不久，逃到南方的趙構在應天（今南京）稱帝，建立了南宋。此後，金兵多次攻打南宋，趙構一路從應天逃到揚州、臨安，有時甚至坐船出海避難。金兵退回北方之後，趙構就把都城設在臨安（今杭州），並與金國簽訂「紹興和議」，向金人歲歲稱臣，年年納貢，以極為屈辱的方式換來了和平。因此，後世都認為趙構及南宋是「偏安一隅」，也叫「偏安江南」。

我叫不緊張，
我叫不緊張！
不就是公佈成績嗎？
你又不是沒考砸過！
如果低於75分，我就還得在這牆角坐一週！
多好哇，老師重點保護。
可不，國王寶座！
你喜歡，你來坐！
下面公佈成績，翹翹95分，小百科93分……
小迷糊，76分！
什麼，76？是真的嗎？
哈哈哈哈！
小迷糊有進步，你不必再偏安一隅了！
啊？魚？我，我沒吃！我一直好好聽講呢！
哈哈哈哈，他偷吃了，我看見了！
大壯72分。來，你現在和小迷糊換一下位置！
老師——
哈哈哈哈！
哈哈哈哈……
國王寶座給你！

邏輯記憶

「隅」是角落的意思，帶有「隅」字的成語還有哪些呢？

負隅頑抗　向隅而泣　一人向隅

一隅之地　安於一隅　一隅之見

失之東隅，收之桑榆

含「偏」字的成語。

以偏概全　　**偏**　　偏信則暗
不偏不倚　　　　　　不可偏廢
偏聽偏信

含「安」字的成語。

安居樂業　　　　　　安然無恙
安身立命　　　　　　忐忑不安
隨遇而安　　**安**　　心安理得
惴惴不安　　　　　　安之若素
國泰民安　　　　　　安分守己
坐臥不安　　　　　　轉危為安

兩宋篇　193

莫須有

ㄇㄛˋ ㄒㄩ ㄧㄡˇ

① 莫：表示揣測或反問。

🎀 **釋義** 也許有。形容憑空捏造，毫無根據。

🎀 **典出＆語見** 《宋史·岳飛傳》：「岳之將上也，韓世忠不平，詣檜(秦檜)詰其實。檜曰：『飛子雲與張憲書雖不明，其事體莫須有。』世忠曰：『莫須有三字何以服天下？』」

| 「近義」 | 憑空捏造 | 「反義」 | 鐵證如山 | 「接龍」 | 有板有眼 眼高手低 低唱淺酌 酌古斟今 今非昔比 |

🎀 **例句詳解**

> 皇上，我為大明鞠躬盡瘁，為何如此這般對我？

大壯飾明英宗
小百科飾于謙
小迷糊飾侍衛

像岳飛這樣因為「莫須有」的罪名含冤而死的，還有明朝的于謙。

明朝時期，明英宗在「土木堡之變」中被瓦剌俘虜，兵部尚書于謙擁立明代宗繼位，又指揮明軍在「北京保衛戰」中擊退瓦剌軍隊。後來明英宗復位，于謙被處死。當時人們都認為于謙是含冤而死，便也將他安葬在西湖邊，與岳飛墓遙相呼應。

歷史 典故

南宋建立後，宋高宗趙構一心想與金人議和，金人表示同意，但要求必須處死在抗金戰爭中屢立奇功、以「凍死不拆屋，餓死不擄掠」著稱的岳家軍主帥岳飛。

秦檜**千方百計**地想害死岳飛，又怕引起天下人的不滿，便跟妻子王氏在自家東窗下商量。王氏說：「**放虎歸山，後患無窮**！」於是秦檜給岳飛捏造了多項罪名，並收買岳飛的部下，讓他們誣告岳飛的兒子岳雲和部將張憲密謀造反，張憲遭受嚴刑拷打卻**寧死不屈**，負責審問的官員只好**胡編亂造**了一份口供，岳飛和岳雲被關入監獄。

韓世忠得知後，忍不住當面質問秦檜：「有什麼**真憑實據**來證明岳飛謀反？」秦檜搪塞道：「證據雖然暫時還沒找到，但岳飛謀反終歸是『**莫須有**』！」「莫須有」的意思就是「也許有」，「應該有」。韓世忠憤怒地說：「『莫須有』三字，何以服天下？」

在獄中，岳飛**義正詞嚴**，堅決否認自己謀反，並脫去外衣，露出背上母親所刺「**精忠報國**」四字。主審官**為之動容**，想要為岳飛申冤，秦檜卻說：「這是皇上的意思！」最終，岳飛、岳雲和張憲含冤被殺。臨死之前，岳飛在供狀上只留下了八個字：「天日昭昭！天日昭昭！」

二十年後，宋孝宗為岳飛平反。後來，人們在岳飛墓前放上了秦檜、王氏等人的鐵鑄跪像，任人唾罵，並留下一副對聯：「青山有幸埋忠骨，白鐵無辜鑄佞臣。」

兩宋篇

小迷糊，作業呢？就差你了！
啊，等我找找！
我先去交給老師了，你找到後自己交吧！
唰
唰
小迷糊，你的作業呢？
啊，老師，我忘記帶了！
是根本沒寫吧？
我昨晚寫到半夜呢！
那你說說，最後一道題目是什麼？
老師，我睡一晚上覺了，做了十多個夢，不記得作業內容了呀！
報告老師，他肯定沒寫！
嘿嘿——
青天大老師，草民冤枉啊，這是沒須有的罪名！
我先上課，小迷糊，咱倆下課後再交流！
是「莫須有」！
嗚嗚——
老師，現在就交流吧，我這心懸著太難受了！
嗚嗚——

邏輯 記憶

像「莫須有」一樣三個字的成語，你還知道哪些呢？

不成器
ㄅㄨˋ ㄔㄥˊ ㄑㄧˋ

不能成為有用的器物。多指人氣質平庸，不能有所成就，沒出息。

閉門羹
ㄅㄧˋ ㄇㄣˊ ㄍㄥ

拒絕客人進門，可以說讓客人吃閉門羹。

下馬威
ㄒㄧㄚˋ ㄇㄚˇ ㄨㄟ

原指官吏初到任時對下屬用嚴法處罰，以顯示自己的威風，後泛指一開始就向對方顯示自己的威力。

跑龍套
ㄆㄠˇ ㄌㄨㄥˊ ㄊㄠˋ

原指戲曲中拿著旗子充當兵卒的角色，後比喻在別人手下做<u>無關緊要</u>的事。

執牛耳
ㄓˊ ㄋㄧㄡˊ ㄦˇ

古代諸侯訂立盟約，要割牛耳歃（ㄕㄚˋ）血，由主盟國的代表拿著盛牛耳朵的盤子，所以稱主盟國為執牛耳。後用來比喻在某一方面居領導或者權威的地位。

兩宋篇

西元前3000年～西元前771年

元明清篇

　　元朝曾經開拓了中國歷史上最大的版圖，但只存在了短短不到一百年。到明清兩朝，中央集權達到了頂峰，但封建制度也因此變得僵化、腐朽，最終禁錮了思想、科技、文化、經濟等各方面的發展。清朝中後期，中國開始逐漸淪為半殖民地半封建社會。上自統治階級，下到平民百姓，都開始探索圖強救國的道路，但無不以失敗告終，封建帝制也最終在辛亥革命的槍聲中走向了滅亡。

罔上虐下

ㄨㄤˇ ㄕㄤˋ ㄋㄩㄝˋ ㄒㄧㄚˋ

❶ 罔：欺騙，騙取。 ❷ 虐：殘害，虐待。

🦇 **釋義** 欺騙上級，虐待下屬。指以職弄權，虛偽奸詐。

🦇 **典出&語見** 《元史・耶律楚材傳》：「此貪利之徒，罔上虐下，為害甚大。」

「近義」欺上瞞下

「接龍」下不為例　例行公事　事出有因　因小失大　大材小用　用心良苦　苦盡甘來　來之不易

🦇 **例句詳解**

> 都給我聽話點兒！

> 哈哈哈，朕好開心！劉愛卿拿去花吧！

大壯飾明武宗
小迷糊飾劉瑾

明朝太監劉瑾**罔上虐下**、大肆斂財，一度**富可敵國**。

明武宗朱厚照貪圖玩樂，太監劉瑾**投其所好**，獻上歌姬、舞姬以及各種**珍禽異獸**，受到皇帝的寵信。劉瑾借機瘋狂斂財，同時**排斥異己**、陷害忠良，後以「謀反」罪行被凌遲處死。據史料記載，劉瑾貪污的黃金有二百多萬兩，白銀有五千多萬兩，其他各種珍寶更是**不計其數**。

歷史典故

元朝是由蒙古人建立的一個大一統王朝。1206年，鐵木真統一了蒙古各部，建立了大蒙古國；1260年，忽必烈繼位稱帝；1271年，忽必烈改國號為「大元」，他也被尊為元世祖。

1279年，元朝徹底消滅了南宋政府，結束了唐朝末年以來五代十國、遼宋對峙、宋金對峙的分裂割據局面。

元朝雖然疆域廣大，卻是一個短命王朝，僅僅存在了九十多年就滅亡了。究其原因，與歷代皇帝**昏庸無能**、政治腐敗、四處掠奪征戰，大肆魚肉百姓有著很大的關係。

元朝皇帝善於征戰，卻不善於治國。元朝有一項「歲賜」的制度，就是將國家的財政收入賞賜給上層的貴族，使他們能夠享受奢侈的生活，但這樣必然就導致財政出現巨大的虧空，所以朝廷就公開**賣官鬻（ㄩˋ）爵**，而那些花錢買官的人則會**千方百計**地搜刮**民脂民膏**。

據《元史》記載，元朝初年，就有劉忽篤馬、涉獵發丁、劉廷玉等人向朝廷繳納一百四十萬兩白銀，想要包攬國家的課稅，大臣耶律楚材認為這些人是「**貪利之徒，罔上虐下**」，他們的目的是借機斂財，對上欺瞞朝廷，對下剝削**平民百姓**。

1351年，黃河決堤，朝廷徵發民夫十五萬治理黃河，地方官趁機**變本加厲**地盤剝百姓，終於導致韓山童、劉福通等人領導的紅巾軍起義爆發，由此拉開了元朝滅亡的序幕。

元明清篇

好，謝謝阿姨！
歡迎你們來玩，吃水果吧！
哇！
你們先玩，阿姨給你們做好吃的！
你是怎麼跟阿姨解釋你那慘不忍睹的國語考卷的？
我，我還沒跟我媽說呢！
瑟瑟发抖
我打算模仿我媽簽名！
老師不是要求家長簽字嗎？
我要檢舉你！
你要是敢說，我就告訴小美是你在她文具盒裡放的毛毛蟲！
亂講，那明明是大壯放的！
小迷糊，你要學壞了，罔上虐下呀？
嘻嘻
可不是，陷害老百姓啊！
我勸你還是坦白從寬！
我也勸你，想想咱老師的那雙火眼金睛吧！
求求二位，千萬別告訴我媽！
嗚嗚——

邏輯 記憶

還有很多成語反映的都是某些人對「上」和對「下」會表現出不同的態度，大部分都是貶義詞，你知道都有哪些嗎？

欺上瞞下　欺騙上級，蒙蔽下屬和群眾。

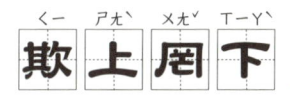

欺上罔下　對上欺騙，博取信任；對下隱瞞，掩蓋真相。

媚上欺下　討好上司，欺壓下屬。

諂上驕下　對上諂媚討好，對下驕橫無理。

諂上抑下　討好上司，壓制下級。

附下罔上　附和偏袒同僚或下屬，卻欺騙君上。

凌上虐下　欺侮在上的人，虐待在下的人。

敬上愛下　尊敬在己之上者，愛護在己之下者。形容待人謙恭有禮。

沒上沒下　不分尊卑長幼，沒有禮貌。

元明清篇 203

八面威風 ㄅㄚ ㄇㄧㄢˋ ㄨㄟ ㄈㄥ

❶ 八面：各個方面。

釋義 形容威風十足，聲勢逼人。

典出＆語見 元・鄭德輝《三戰呂布》第三折：「托賴著真天子百靈相助，大將軍八面威風！」

「近義」威風凜凜

「反義」垂頭喪氣

「接龍」風雲人物→物以類聚→聚少成多→多此一舉→舉棋不定

例句詳解

（大壯飾高緯　小百科飾高長恭）

對白：
- 這是朕賜你的毒酒，快喝了它吧！
- 氣煞我也！

蘭陵王在戰場上**八面威風**，最終因**功高震主**而被殺。

蘭陵王高長恭是南北朝時期北齊大將，以驍勇善戰聞名於世，曾率500名鐵騎兩次突入敵陣，斬敵無數。他長相俊美，每次**衝鋒陷陣**時，都會戴上一副猙獰的面具，令敵人**聞風喪膽**。但也恰恰因為功勳卓著，高長恭遭到了北齊後主高緯的猜忌，最終被賜了一杯毒酒鴆（ㄓㄣˋ）殺。

歷史典故

元朝末年，朝廷腐敗，老百姓的土地都被蒙古貴族搶佔，但苛捐雜稅卻越來越多，再加上連年天災，貧苦無助的老百姓在韓山童、劉福通等人領導下在潁（一ㄥˇ）州起義，他們頭裹紅巾，被稱為紅巾軍。此後不久，方國珍、張士誠、徐壽輝、陳友諒、郭子興、朱元璋等人紛起回應。

朱元璋二十五歲時參加了郭子興的起義軍，被任命為總兵官，在奉命攻佔安徽和陽不久之後，朱元璋與徐達就領兵順利攻佔了南京。

1355年，郭子興因病去世，朱元璋成為義軍首領，隨後以金陵（今南京）為根據地，開始了統一天下的步伐。朱元璋知人善任，手下既有馮國勝、李善長、劉基、宋濂等文臣，又有徐達、常遇春、胡大海、康茂才等武將，再加上軍紀嚴明、從不擾民，所以很受擁護。為了更爭取民心，他還接受了謀士朱升「高築牆、廣積糧、緩稱王」的建議，等到自己的實力壯大之後，才逐步消滅陳友諒、張士誠、方國珍等割據勢力，並統一了南方地區。此後他又出兵北伐，並將元朝的統治者趕出了北京。

1368年，朱元璋建立大明王朝，改元洪武，定都南京，朱元璋就是明太祖。接下來，朱元璋又用了將近20年的時間，完全平定了其他的農民起義軍，徹底擊潰了元朝的殘餘勢力，實現了全國的統一。

來呀來呀，看我佛山無影腳！哈！
接我一招，葵花點穴手！哈！
嗖嗖——
哈！
你們兩個能不能別玩了？還有幾天就期末考了！
糟糕！我忘了還有期末考試大軍壓境！壯元帥，朕問你有何高見？
陛下，我們要努力複習，將期末大軍踩在腳下！
那個什麼朕，你快點兒幹正事，把書都掏出來！
遵旨！啊不對，准奏！看我這群「書兵本將」，八面威風！
哈哈！
你別是蝦兵蟹將就好，大壯，你這元帥也快去看書！
嗻！
朕考得不錯呀，哈哈哈！
本元帥也進步了！
小迷糊，你把乘法當除法算，你可真行啊！
寡人以為——
你以為啥？成天稀裡糊塗的！
這朕當的，成天給人罵！
哈哈！
還沒說你呢，你看看你的國語考卷——
啊！

邏輯 記憶

與明朝開國皇帝朱元璋有關的成語還有哪些？

衣冠禽獸

> 指穿著整齊的衣帽，行為卻和禽獸一樣，形容人品的卑劣。

古時官服樣式大同小異，到了明朝，朱元璋設立了「補子制度」。明朝最具特色的服飾就是據此制度做出來的補服，補服為了區分官品，官品不同，上面的刺繡圖案是不同的。制度還規定，文官補服繡禽，武官補服繪獸。比如：文官一品繡仙鶴、二品繡錦雞、三品繡孔雀……武將一品、二品繡獅子，三品、四品繡虎豹……官帽也改成了烏紗帽。

「衣冠禽獸」最初是讚語，指當官的人。但到了明朝中晚期，宦官專權，政治腐敗，這個詞就變成了絕對的貶義詞，貶義之稱最早出現在明末陳汝元所著《金蓮記》一書：「人人罵我做衣冠禽獸，個個識我是文物穿窬（ㄩˊ）。」

別餵了，馬都快撐死了！

嗝……

馬兒，多吃點兒草，以打勝仗！

厲兵秣馬

厲兵秣馬，靜看頡頏（ㄒㄧㄝˊㄏㄤˊ）。群雄自為乎聲教，戈矛天下鏗鏘。
　　——朱元璋《御制皇陵碑》

元明清篇

閉關自守

ㄅㄧˋ ㄍㄨㄢ ㄗˋ ㄕㄡˇ

① 閉關：封閉關口。② 自守：死守著自己的範圍，與外界隔絕。

🏮 **釋義**　封閉關口，自守防衛。指不與外國往來，也泛指不與外界往來。

🏮 **典出＆語見**　《新編五代史平話・周史上》：「無事則民勤於耕稼，以廣軍儲；有事則民習於弓矢，以菹武事。此真霸王之資也。閉關自守，又何憂乎？」

近義	反義	接龍
「閉關鎖國」	「門戶開放」	絕處逢生 悲慟欲絕 樂極生悲 助人為樂 守望相助

🏮 **例句詳解**

> 好的，林大人！
>
> 書上說的是先放火藥，再放炮彈！
>
> 小百科飾林則徐
> 大壯飾士兵乙
> 小迷糊飾士兵甲

在清朝**閉關自守**的年代，林則徐卻放眼世界，主持編譯了《四洲志》。

　　清朝道光年間，林則徐為了解西方國家的情況，請人翻譯了英國人編寫的《世界地理大全》，並且親自進行潤色，編成了《四洲志》。書中對亞、歐、非、美四大洲30多個國家的歷史、地理和政治狀況進行了介紹，林則徐也因此被譽為近代中國「開眼看世界第一人」。

明清時期實行的「**閉關鎖國**」政策，就是一種典型的**閉關自守**行為。

明成祖朱棣即位之後，為了對外宣揚大明威德，曾經派「三寶太監」鄭和率領船隊七次遠航，船隊最遠曾經到達過東非、紅海一帶，史稱「鄭和下西洋」。但此後由於倭寇時常侵擾明朝東南沿海，於是朝廷便發佈了「片板不許下海」的禁海令。

明穆宗繼位之後，下令解除海禁，但也僅限於福建月港。

清朝初年，由於鄭成功一直堅持抗清活動，所以順治帝再次頒佈了禁海令，直到康熙帝收復臺灣之後才解除禁令。

但到雍正帝在位時，由於西方的天主教會不斷在中國傳教，甚至直接干涉中國內政，如西方的教皇下令不允許中國的天主教徒祭拜孔子和祖先，所以雍正帝下令禁止天主教在中國傳播。乾隆帝在位時，由於擔心老百姓會與外國人聯合起來反對清朝的統治，便施行「一口通商」政策。除了保留廣州一個對外貿易港口之外，沿海其餘各港口的對外貿易全部停止。

在乾隆帝晚年時，英國曾經派使團來華，希望兩國之間開放商業貿易，但乾隆帝卻以「天朝上國」自居，拒絕與英國人進行談判。這也讓中國失去了一次與近代工業文明接觸、學習先進科技知識、改變封閉狀態的機會，導致中國逐漸落後於西方。

你化煙熏妝了？
好漂亮的黑眼圈！
迷迷糊糊
昨晚躲被窩裡看漫畫書，睡太晚，我現在好睏！
一日之計在於晨呢，迷糊兄！
下次可別這樣了，傷眼睛，還耽誤學習！
行行行，翹翹，我要「閉關自守」一會兒，老師來了叫我！
老師好！
老師好！
同學們好！
快醒醒，快醒醒！
ZZZZZZZZZ
戳
呼嚕
嗯？小迷糊同學怎麼了？
您別聽他的，我出關了！
老師，他累了，閉關自守呢！
現在我公佈一下昨天小測驗的成績！
成績？老師，我不舒服，可以繼續閉關嗎？
嘿嘿

邏輯記憶

連一連,看看下面的成語是「閉關自守」的近義詞還是反義詞。

遠渡重洋　　　　　　　　　　　　閉目塞聽
閉門不出　　　近義詞　　　　　　遠涉重洋
廣泛交流　　　反義詞　　　　　　閉門謝客

答案:
近義詞:閉門不出、閉門謝客、閉目塞聽
反義詞:遠渡重洋、遠涉重洋、廣泛交流

含有「自守」二字的成語有哪些?

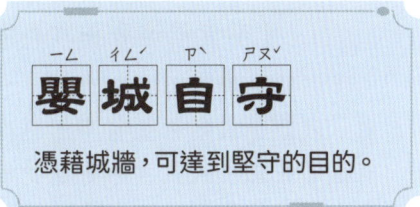

斤斤自守（ㄐㄧㄣ ㄐㄧㄣ ㄗˋ ㄕㄡˇ）
謹小慎微,自求無過。

形影自守（ㄒㄧㄥˊ ㄧㄥˇ ㄗˋ ㄕㄡˇ）
指孤身獨處。

齋鹽自守（ㄐㄧ ㄧㄢˊ ㄗˋ ㄕㄡˇ）
堅持過清貧淡泊的生活。

嬰城自守（ㄧㄥ ㄔㄥˊ ㄗˋ ㄕㄡˇ）
憑藉城牆,可達到堅守的目的。

元明清篇

喪權辱❶國

ㄙㄤˋ ㄑㄩㄢˊ ㄖㄨˋ ㄍㄨㄛˊ

❶辱：使受辱。

釋義　喪失主權，使國家蒙受恥辱。

典出&語見　蕭乾《一本褪色的相冊》：「都怪清朝腐敗的皇帝和那些太監佞臣糊塗，訂下那些喪權辱國的條約。」

惡貫滿盈　窮凶極惡　理屈詞窮　強詞奪理　國富民強

「接龍」

保國安民

「反義」

辱國殃民

「近義」

例句詳解

快快投降！
倘若國家能自強不息，也不至於淪落到今日之地步哇！
交出你的金銀財寶！
小迷糊飾法軍
小百科飾清軍
大壯飾英軍

國家只有變得強大，
才不會被迫去簽訂喪權辱國的不平等條約！

「以史為鏡，可以知興替。」看過中國近代一百多年的屈辱史，我們應該明白並且牢記這樣一個道理：落後就要挨打！只有國富民強，人民才不會遭受羞辱，尊嚴才不會受到踐踏。中國人都應該為了祖國的崛起和強大而努力奮鬥。

歷史典故

清朝嘉慶、道光年間，英國人為了改變在中英貿易中的不利局面，開始向中國大量走私鴉片，由此導致了白銀大量外流、社會風氣敗壞、人民的身心健康受到摧殘。

對此，清政府中的一些有識之士深感「鴉煙流毒為中國三千年未有之禍」，提出了「禁煙」的主張。

1839年，道光皇帝任命林則徐為欽差大臣，前往廣州禁煙。這年3月，林則徐到達廣州，命令外國煙販交出所有鴉片，並讓他們保證以後再也不帶鴉片來中國，否則甘願接受中國法律制裁。6月，林則徐在虎門海灘當眾銷毀了收繳上來的238萬斤鴉片，史稱「虎門銷煙」。

「虎門銷煙」導致了中英第一次鴉片戰爭的爆發。1840年，英軍派出遠征軍侵略中國，由於清政府的無能，這場戰爭以中國戰敗、賠款割地而告終。清政府與英國簽訂了中國近代史上第一個喪權辱國的不平等條約——《南京條約》，中國從此開始淪為半殖民地半封建社會。

1901年，李鴻章代表清政府與十一個國家的代表簽訂了《辛丑合約》。這個條約被認為是中國近代最喪權辱國的不平等條約，它的簽訂標誌著中國完全淪為半殖民地半封建社會。

幹嗎幹嗎？
醒醒，縮回你那邊去！
啪！
每次睡覺，都佔到我桌子這邊來，我還怎麼學習？
我在你的桌子上下榻，你應該感到榮幸，居然還偷襲我！
你還神氣了？等著！
看我怎麼收拾你！
你這寫的是什麼？
喏！桌子使用時間表，你簽了吧！
什麼？一週只能佔用一次？還得幫你打掃一次環境？
怎麼了？天下沒有白吃的午餐！
這條約喪權辱國，我堂堂男子漢怎麼能簽這種東西？
別鬧了，這是我的地盤，你還想有主權？
堅決不簽，我就是睡覺摔到地上，也不簽！
哈哈，好哇，我等著看熱鬧！
哈哈哈！
會不會真的摔下去啊……
啊！

邏輯 記憶

虎門銷煙的林則徐，是令人尊敬的民族英雄。想一想，我們可以用什麼成語來形容林則徐呢？

高瞻遠矚
ㄍㄠ ㄓㄢ ㄩㄢˇ ㄓㄨˋ

站得高，看得遠。比喻眼光遠大。

大義凜然
ㄉㄚˋ ㄧˋ ㄌㄧㄥˇ ㄖㄢˊ

堅持正義，不顧敵人威逼利誘，始終保持嚴峻不可侵犯的態度。

不卑不亢
ㄅㄨˋ ㄅㄟ ㄅㄨˋ ㄎㄤˋ

既不自卑，也不高傲，形容待人態度得體，分寸恰當。

憂國憂民
ㄧㄡ ㄍㄨㄛˊ ㄧㄡ ㄇㄧㄣˊ

為國家的前途和人民的命運而擔憂。

奉公不阿
ㄈㄥˋ ㄍㄨㄥ ㄅㄨˋ ㄜ

秉公辦事，而不去迎合別人。

元明清篇

萬馬齊喑

ㄨㄢˋ ㄇㄚˇ ㄑㄧˊ ㄧㄣ

① 喑：啞。

釋義
所有的馬都沉寂無聲。比喻人們都沉默，不發表意見，一片死氣沉沉。

典出＆語見
宋・蘇軾《三馬圖贊》序：「振鬣長鳴，萬馬皆喑。」

清・龔自珍《己亥雜詩》：「九州生氣恃風雷，萬馬齊喑究可哀。」

| 「近義」 | 噤若寒蟬 | 「反義」 | 百家爭鳴 | 「同音接龍」 | 因禍得福 福壽天成 成雙成對 對牛彈琴 琴棋書畫 |

例句詳解

小百科飾劉蕡
小迷糊飾仇士良
大壯飾王守澄

你不要在長安當官了，立刻離開這裡！

宦官當道，禍亂朝綱，這京官不做也罷！

中唐時的劉蕡（ㄈㄣˊ）敢於在**萬馬齊喑**的局面下怒斥宦官。

　　中唐時期，宦官專權，甚至到了能廢立皇帝的地步，朝野上下敢怒不敢言。有個名叫劉蕡的人，在一次考試中勇敢地寫了一篇文章來批判宦官，給萬馬齊喑的朝廷造成了極大的震動。但主考官不敢錄用劉蕡，以至一位被錄用的學生怒道：「劉蕡落榜，我們卻被錄用，真是慚愧！」劉蕡也因此遭到排擠和打擊，最終**客死異鄉**。

中國古代產生過多種人才選拔制度。漢朝時期，人才選拔通過「察舉制」和「徵辟制」。「察舉」即地方舉薦人才，朝廷經過考察授予官職；「徵辟」即朝廷直接徵召有背景、有地位之人做官。三國時期，魏文帝下令施行「九品中正制」，即按照出身和品行來考核人才，分為九個品級來錄用。隋朝時期出現的科舉制度是封建社會最為公平的一種人才選拔制度，它為貧寒之士提供了成為官員的機會，一直沿用了1300多年。

唐宋時期，科舉制度有很大的進步，為國家選拔了很多人才；但到了明清時期，科舉制完全變成了「八股取士」，嚴重束縛了知識份子的思想；而清朝「文字獄」盛行，又使當時的政治局面變得死氣沉沉，很多優秀的人才無法得到重用，道光年間著名學者龔自珍就是其中之一。

龔自珍出身於官宦世家，但終其一生，他只擔任了十年無足輕重的閒職，並屢遭排擠和打擊。

龔自珍有感於自己「英雄無用武之地」且不斷遭到排擠和打擊的命運，便以回鄉侍奉父母為藉口辭去了官職。在回鄉途中，他將自己的所見所感寫成了315首七言絕句，並將其命名為《己亥雜詩》，其中第125首就是人們耳熟能詳的那一首名作：「九州風氣恃風雷，萬馬齊喑究可哀。我勸天公重抖擻，不拘一格降人材。」

1905年，清政府廢除了科舉考試，普遍興辦學校，開展新式教育。

奇妙劇場

今天我們來講這個成語。

萬馬齊喑

我知道,萬馬齊「暗」!

靜

小迷糊踴躍發言,值得表揚。大壯,你再來說說?

嗯……是一萬匹馬,毛髒了,所以變暗了?

誰給了你自信呢?

唉

這個——算了,這個字讀「一ㄣ」,是安靜的意思。

我知道了,是大家都不說話!

你又知道了,你最好帶頭不說話!

哦,我也知道了,剛才小迷糊就讓大家萬馬齊喑了!

不錯呀,活學活用!

當老師可真不容易呀,他們都這樣了,老師還能誇!

萌漫大話成語王 1

邏輯 記憶

含有「齊」字的成語有哪些？

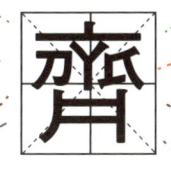

百花齊放　　　　　　　　雙管齊下
齊心協力　　　齊　　　　參差不齊
並駕齊驅　　　　　　　　見賢思齊
齊頭並進　　　　　　　　良莠不齊

含有「馬」字的成語有哪些？

千軍萬馬	塞翁失馬	青梅竹馬
金戈鐵馬	天馬行空	心猿意馬
馬到成功	聲色犬馬	萬馬奔騰
龍馬精神	車水馬龍	蛛絲馬跡
老馬識途	厲兵秣馬	一馬當先
牛頭馬面	馬革裹屍	走馬觀花
一馬平川	馬首是瞻	信馬由韁
懸崖勒馬	鮮衣怒馬	

元明清篇

古小趣讀寫現場

讀一讀，在正確的讀音上塗顏色。

1分鐘挑戰

順天**應**人　ㄧㄥ / ㄧㄥˋ

退避三**舍**　ㄕㄜ / ㄕㄜˋ

胡服**騎**射　ㄐㄧˊ / ㄑㄧˊ

鞠躬盡**瘁**　ㄘㄨㄟˋ / ㄙㄨㄟˋ

項莊舞劍，意在**沛**公　ㄈㄟˋ / ㄆㄟˋ

不入虎**穴**，焉得虎子　ㄒㄩㄝˊ / ㄒㄩㄝˋ

中流擊**楫**　ㄐㄧˊ / ㄐㄧ

冰消**瓦**解　ㄨㄚˇ / ㄨㄚˋ

炙手可熱　ㄓˋ / ㄔˋ

偏安一**隅**　ㄡ / ㄩ

罔上虐下　ㄨㄤˇ / ㄍㄤ

萬馬齊**喑**　ㄢ / ㄧㄣ

看一看,用「/」劃分出各個成語,並改正錯別字。

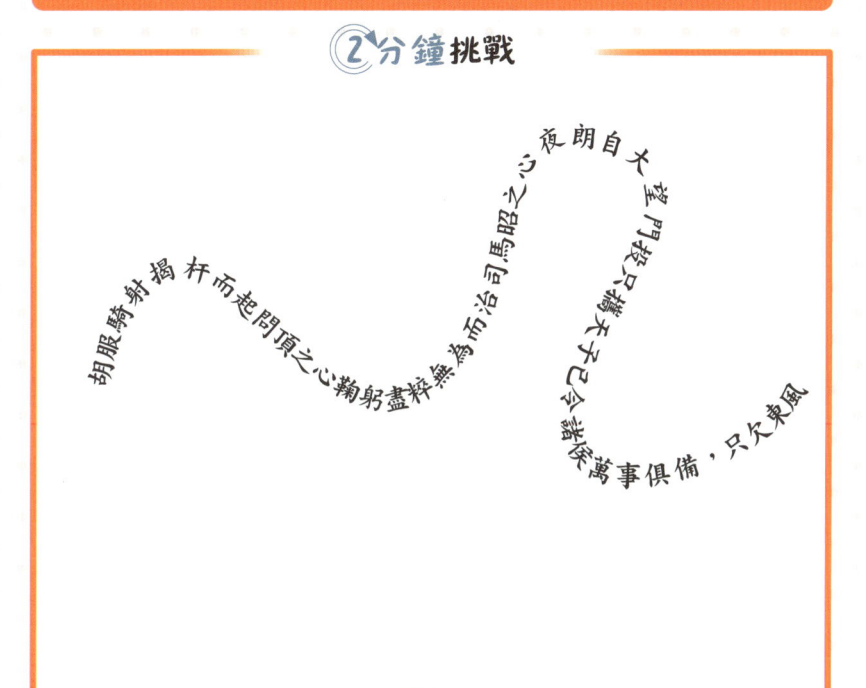

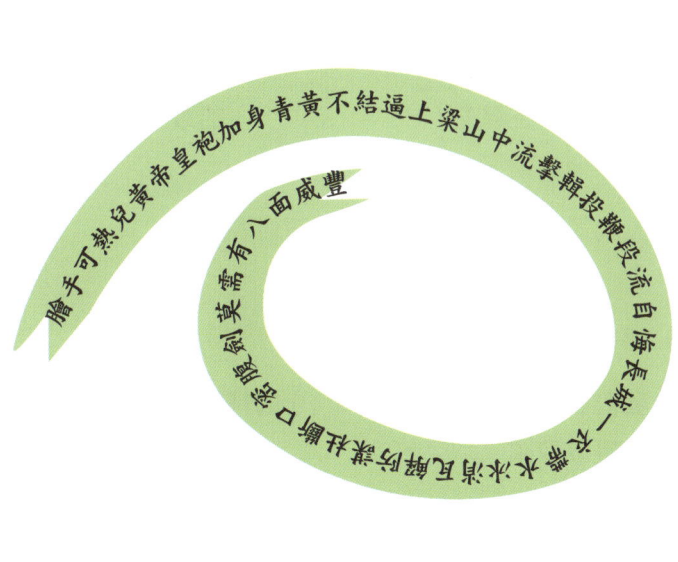

2分鐘挑戰

胡服騎射 / 揭杆而起 / 問頂之心 / 鞠躬盡粹 / 無為而治 / 司馬昭之心 / 路人皆知 / 夜朗自大 / 閉門謝客 / 富甲天下 / 己所不欲 / 萬事俱備,只欠東風

膾手可熱 / 兒皇帝 / 黃袍加身 / 青黃不結 / 逼上梁山 / 中流擊輯 / 投鞭斷流 / 自悔衣班 / 一衣帶水 / 唇亡齒寒 / 破斧沉舟 / 剖腹劍美 / 莫需有 / 八面威豐

試一試，選擇合適的成語填空。

3分鐘挑戰

前事不忘，後事之師　　三皇五帝　　綠林好漢
鞠躬盡瘁　　夜郎自大　　紙上談兵　　無可厚非
萬事俱備，只欠東風

1. 自從盤古開天地，（　　　　　）到如今，中華民族一直在神州大地上勤勞地創造著新生活。

2. 我們要看到別人的長處，不能自命不凡、（　　　　　）。

3. 所謂「紙上得來終覺淺，絕知此事要躬行」，無論讀書還是做事，我們都要腳踏實地，不能光是（　　　　　）。

4. 有些在今天看來（　　　　　）的事，在過去可能會被橫加指責。

5. 她為了讓學生得到最好的教育資源，（　　　　　），真是令人敬佩。

6. 明明最愛聽評書裡（　　　　　）的故事。

7. 我們要秉持（　　　　　）的精神，從過去的經驗中吸取教訓。

8. 學校聯歡會的籌備可以說是（　　　　　），就等週末開幕了。

試一試,選擇合適的成語填空。

3分鐘挑戰

亂七八糟　偏安一隅　　鹿死誰手　炙手可熱
逼上梁山　喪權辱國　　八面威風　一衣帶水

1. 中國和日本是（　　　　　）的鄰邦。

2. 一會兒沒注意,小寶寶把床上弄得（　　　　　）。

3. 軟弱無能的晚清統治者,與帝國主義簽訂了許多（　　　　　）的不平等條約。

4. 百米賽跑即將開始,（　　　　　）仍未可知。

5. 軒軒唱歌非常棒,成了學校藝文演出（　　　　　）的明星。

6. 獅子王（　　　　　）,群獅追隨在牠的身旁。

7. 南宋統治者（　　　　　）,根本沒想著收復北方失地。

8. 梁山好漢大部分都是被（　　　　　）的。

223

答 案

1分鐘挑戰

- 鳥 ㄧㄠ
- 蘋果 ㄕㄜˊ
- 星 ㄑㄧˊ
- 氣球 ㄔㄨㄟˇ
- 棒棒糖 ㄉㄢˋ
- 帽子 ㄒㄩㄝ
- 星 ㄐㄧˇ
- 棒棒糖 ㄇㄨˋ
- 氣球 ㄓˋ
- 帽子 ㄩˊ
- 蘋果 ㄨㄤˊ
- 鳥 ㄧㄣˊ

2分鐘挑戰

胡服騎射／揭**竿**而起／問**鼎**之心／鞠躬盡**瘁**／驚弓之鳥／**呂**馬昭之心／夜**郎**自大／**登**門挑止／**挑**夫子以**弧**諸侯／萬事**俱**備，只欠東風

2 分鐘挑戰

炙手可熱 / 兒皇帝 / 黃袍加身 / 青黃不接 / 逼上梁山 / 中流砥柱 / 投鞭斷流 / 白頭偕老 / 一沉百踩 / 淡泊其實 / 罪非輕 / 口蜜腹劍 / 莫須有 / 八面威風

3 分鐘挑戰

1. 三皇五帝　　2. 夜郎自大

3. 紙上談兵　　4. 無可厚非

5. 鞠躬盡瘁　　6. 綠林好漢

7. 前事不忘，後事之師　　8. 萬事俱備，只欠東風

3 分鐘挑戰

1. 一衣帶水　　2. 亂七八糟

3. 喪權辱國　　4. 鹿死誰手

5. 炙手可熱　　6. 八面威風

7. 偏安一隅　　8. 逼上梁山